奋进强国路 阔步新征程

新中国成立75周年伟大成就综述

本书编写组 编

新华出版社

图书在版编目（CIP）数据

奋进强国路 阔步新征程 : 新中国成立 75 周年伟大

成就综述 /《奋进强国路 阔步新征程 : 新中国成立 75

周年伟大成就综述》编写组编

北京 : 新华出版社 , 2024.10

ISBN 978-7-5166-7711-7

Ⅰ . I253

中国国家版本馆 CIP 数据核字第 2024S3F335 号

奋进强国路 阔步新征程：新中国成立 75 周年伟大成就综述

编者：《奋进强国路 阔步新征程：新中国成立 75 周年伟大成就综述》编写组

出版发行：新华出版社有限责任公司

（北京市石景山区京原路 8 号　邮编：100040）

印刷：三河市君旺印务有限公司

成品尺寸：170mm×240mm 1/16　　**印张：**17　　**字数：**195 千字

版次：2024 年 11 月第 1 版　　**印次：**2024 年 11 月第 1 次印刷

书号：ISBN 978-7-5166-7711-7　　**定价：**48.00 元

微店　　视频号小店　　抖店　　京东旗舰店

微信公众号　　喜马拉雅　　小红书　　淘宝旗舰店　　扫码添加专属客服

目 录

CONTENTS

引 言

让明天的中国更美好
——写在中华人民共和国成立 75 周年之际

时光不语，于记忆深处镌刻苦难辉煌；梦想无垠，在天地之间绘就万千气象。

今天的中国，江山壮丽，人民豪迈，前程远大。在中国共产党的坚强领导下，中华民族迎来了从站起来、富起来到强起来的伟大飞跃，中华民族伟大复兴进入了不可逆转的历史进程。

此时，或许你正忙碌于田间地头，奋斗在厂矿车间，或许你正穿梭于城乡街道，流连于名山大川……无论身处何地，相隔多远，14 亿多中华儿女，都在为着同一种情愫激荡共鸣，为着同一个主题振奋不已。

此刻，铺展新时代中国的壮丽画卷，循着习近平总书记的足迹，那些激情满怀的回望，那些奔赴梦想的憧憬，都融入深深感念，化作磅礴力量。

奋斗新时代，为人民的生活更幸福！

奋进新征程，让明天的中国更美好！

75载沧桑巨变，梦想接连实现的中国豪迈自信

日出东方，叩启苍穹。

鲜艳的五星红旗迎风飘扬——

在长江黄河奔流的大地上，在天风海涛激荡的国门边，在千家万户洋溢的欢笑中，它是壮美的情怀，是温暖的力量。

2024年9月30日上午，北京天安门广场，人民英雄纪念碑巍然耸立。

习近平等党和国家领导人出席烈士纪念日向人民英雄敬献花篮仪式。

雄壮的《义勇军进行曲》，奏响历史的号角，拉开回忆的闸门。

"起来！不愿做奴隶的人们！把我们的血肉，筑成我们新的长城……"

97岁的卫小堂依然清晰记得作为中国人民政治协商会议第一届全体会议代表参加开国大典的情形："大家唱啊，欢呼啊，激动得流泪啊！"

从一名衣不蔽体、食不果腹的放羊娃成长为身经百战、九死一生的战斗英雄，卫小堂的传奇人生，仿佛就是脚下这片土地脱胎换骨、涅槃重生的写照。

如果不能理解中华民族自鸦片战争以来所经历的苦难有多么深重，就难以理解新中国的成立，对于中华民族具有何等重要的历史意义，就难以理解国强民富的梦想，在中国人的心中为何如此强烈而持久。

金色秋日里，天水市麦积区南山花牛苹果基地，习近平总书记

专门听取甘肃引洮供水工程情况汇报，真切地回忆起2013年初来施工现场考察、指导解决施工难题的情景。

陇中自古苦瘠甲天下。千百年来，人们翻山越岭，找水盼水……

半个多世纪，沟壑纵横的黄土地一朝梦圆，甘甜的洮河水惠及近600万群众。祖祖辈辈靠天吃饭的父老乡亲，成了爱农业、懂技术、善经营的新型农民。

斗转星移，日月新天。

今天的中国，"乘风好去，长空万里，直下看山河"！

南水北调，西气东输，发达路网纵横九州，高铁营业里程世界第一，港珠澳大桥凌空飞架，雄安新区拔节生长，海南自由贸易港扬帆起航……

穿越革命和建设的洪流，激荡改革与发展的风云，中国号巨轮乘风破浪，在新时代闯关夺隘、行稳致远。

★ 这是2024年9月13日拍摄的中国星网雄安总部办公楼（无人机照片）。（新华社记者牟宇摄）

从新中国成立初期到今天，中国经济总量从600多亿元增长到超过126万亿元，按不变价计算，增长223倍。我们已成为全球制造业第一大国、货物贸易第一大国、商品消费第二大国以及外汇储备第一大国，是世界经济增长的重要引擎和稳定力量。

平畴沃野，碧水绕田。

第七个"中国农民丰收节"到来之际，湖南常德市鼎城区谢家铺镇港中坪村的"80后"种粮大户戴宏，从手机新闻中得知习近平总书记向广大农民致以的节日祝贺。

2024年春天，正在湖南考察的习近平总书记来到这里，戴宏自豪地介绍："从过去一家人最多种50亩地到如今承包480多亩水田，一家的综合年收入已超过60万元。"

建立家庭联产承包责任制，打赢脱贫攻坚战，加快推进农业农村现代化……中国粮食生产"二十连丰"，绿水青山成色更足，乡村振兴展现新气象。

75年，于历史长河不过弹指一瞬，但对中国人民和中华民族而言，却是沧桑巨变、换了人间。

"无论是在中华民族历史上，还是在世界历史上，这都是一部感天动地的奋斗史诗。"

曾被称为"东亚病夫"的中国人，人均预期寿命从35岁增长到78.6岁；受教育程度从文盲占八成到高等教育规模位居世界第一；建成世界上规模最大的社会保障体系、医疗保障网络、养老保险体系……

今天，生活在这片土地上的每个人，共同享有人生出彩的机会，共同享有梦想成真的机会，共同享有同祖国和时代一起成长和进步的机会。

人类最高境界的梦想，总是表现为关于社会进步的理想。

从废除封建剥削的土地制度、完成"三大改造"，到取消延续2600余年的农业税；从建立人民当家作主的新型政治制度，到14亿人整体进入全面小康；从打破横亘在城乡之间的户籍二元化壁垒，到积极推进以人为本的新型城镇化……

始终在"赶考"的中国共产党，用一个个梦想的接连实现，书写着让人民满意的答卷，传承着领航人民共和国的基因和密码。

中国梦归根到底是人民的梦。

党的十八大以来，习近平总书记提出的中国梦，唤醒了中华民族最深刻的集体记忆，更照亮了亿万人民最渴盼的幸福愿景。

★ 2024年5月25日，在山东省日照市东港区石臼街道日照幸福护理院，老人在工作人员的陪护下做填图游戏。（新华社记者郭绪雷摄）

方志敏烈士陵园，高大的铜像前花团锦簇，人流如织。留言板上，有人写下：当今的可爱中国如您所愿，正屹立在世界的东方。

有可亲可敬的人民，有日新月异的发展，有赓续传承的事业……

今天的中国，欣欣向荣、蒸蒸日上。

今天的你我，芳华绽放、梦想生花！

挽民族之沉沦，建崭新之国家！多少仁人志士百余年来的求索，已化作中国共产党引领亿万中华儿女铸就的人间奇迹。

75载春华秋实，充满生机活力的中国勇立潮头

2024 年 9 月 10 日 13 时，身"披"国旗的 CA1523 航班从北京首都国际机场飞抵上海虹桥机场，这是国航首架 C919 国产大飞机投入运营。

浩瀚蓝天见证飞跃。

谁能想象，75 年前的开国大典，参与阅兵的飞行编队只有 17 架飞机，没有一架"中国造"。为了飞出气势，这支飞行编队不得不绕回来再飞一圈。

百废待兴，毛泽东同志曾感慨道："现在我们能造什么？……一辆汽车、一架飞机、一辆坦克、一辆拖拉机都不能造。"

1950 年 8 月，邓稼先冲破重重阻挠，回到祖国。5 年后，钱学森终于冲破软禁，踏上归途。

从原子弹到氢弹，法国用了 8 年、美国用了 7 年、苏联用了 4 年，中国仅仅用了 2 年 8 个月……

多少百折不挠，多少奋起直追。那些激情燃烧的岁月，积蓄起

★ 这是 2024 年 8 月 28 日在位于上海的中国商飞总装制造中心浦东基地拍摄的国产大飞机 C919 交付仪式现场。（新华社记者方喆摄）

创新创造的中国力量。

1970 年 4 月 24 日，我国第一颗人造地球卫星"东方红一号"发射成功，拉开了中华民族探索宇宙奥秘、和平利用太空、造福人类的序幕。习近平总书记曾深情回忆："我当时在延川县梁家河村当知青，听到了发射成功的消息，非常激动！"

难忘惊雷般的"发展才是硬道理"，犹记让人热血沸腾的"团结起来，振兴中华"……改革开放的伟大变革，打开助力民族腾飞的动力引擎，让每个人追赶着时间，发现着自己。

"谁率先取得突破，谁就将在后续的研究和应用中占得先机！"清华大学的薛其坤院士带领团队分秒必争，历时 4 年，终于在实验中观测到量子反常霍尔效应，引领了量子物理等世界前沿领域的发展。

"中国科技又迎来新的春天。"2024 年 6 月 24 日，当薛其坤从习近平总书记手中接过国家最高科学技术奖证书，他不禁联想起1977年国家恢复高考后，自己从山东沂蒙山区走向世界学术舞台的人生际遇。

从"跟跑""并跑"再到"领跑"，一个曾经连铁钉和火柴都要进口的国家，用几十年时间走完了西方发达国家几百年走过的工业化历程，建成全球最完整、规模最大的研发体系和工业体系，进入创新型国家行列。

"不能总是用别人的昨天来装扮自己的明天。"党的十八大以来，以习近平同志为核心的党中央统筹把握中华民族伟大复兴战略全局和世界百年未有之大变局，"把中国发展进步的命运牢牢掌握在自己手中"，开辟了坚持走中国特色自主创新道路的新境界。

布局一条条产业链，高质量发展蓄势跃升：

"复兴号"一列动车组4万多个零部件，带动国内20余个省区市的2100余家配套企业；"手撕钢"攻克452个工艺难题、175个设备难题，连续突破"世界极限"；今天，全球每销售3辆新车就有一辆"中国造"，平均每10辆电动汽车就有6辆车的电池来自中国……

展开一幅幅规划图，新质生产力孕育勃发：

从北京中关村到武汉"光谷"，178家国家高新区重塑区域发展新版图，开辟新兴产业、未来产业新赛道；从京津冀到长三角、珠三角，"一小时经济圈"将时空缩短，让发展延伸；从东北地区到粤港澳大湾区，"天空之城"竞相发展"低空经济"，"蓝海"的水开始沸腾……

突破一个个"卡脖子"问题，"中国制造"与"中国创造"惊艳世界：

国产大型邮轮出海远航，神舟家族太空接力，"奋斗者"号极限深潜，国产手机"一机难求"……

瑞士日内瓦，世界知识产权组织总部大楼内，中国东汉科学家张衡发明的地动仪复制品引人驻足。

如今，中国是10年来创新力上升最快的经济体之一；中国拥有26个全球百强科技创新集群，连续两年位居世界第一……翻阅《2024年全球创新指数（GII）报告》，世界知识产权组织总干事邓鸿森感到"中国的创新不仅表现在文化和传统知识上，也越来越多地体现在科学技术上"。

"综合国力竞争说到底是创新的竞争。"今日中国迸发的巨大能量，与时代的浪潮同频共振。

国家邮政局统计显示，截至8月13日，我国2024年快递业务量突破1000亿件，相当于每天有4.4亿件快递在神州大地上流动。

一条条昼夜不息的分拣线，奔涌千城百业的活力；一架架繁忙穿梭的无人机，搭载向"新"而行的动力。

千帆竞发，百舸争流。每一个人的努力奔跑，汇成一个国家的浩荡前行。

无论是年近八旬的图灵奖获得者姚期智，还是"80后"创业者袁玉宇，当年选择回国的理由不约而同："生逢其时，当不负盛世！"

今天的中国，有超过130万名留学人员遍布在全世界100多个国家。党的十八大以来，留学回国人数占同期出国留学人数的比例超过八成。

2024年5月22日，山东日照港。习近平总书记来到这里，驻足码头岸边，远眺凝思。

茫茫天海间，一字排开的万吨货轮气势雄浑。改革开放的时代潮流，让这座港口从沉寂无闻到连通四海。

"就是要向世界宣示中国改革不停顿、开放不止步，中国一定会有让世界刮目相看的新的更大奇迹。"

从历史深处奔涌而来，向着民族复兴澎湃而去。坚信"时与势在我们一边"，终将改变历史的潮汐！

75 载砥砺奋进，赓续民族精神的中国挺直脊梁

2024 年 9 月 29 日上午，北京人民大会堂，这座见证过新中国无数荣光的人民殿堂，又一次聆听掌声如潮。

踏着激昂的旋律，习近平总书记同国家勋章和国家荣誉称号获得者一同步入会场。

岁月如碑，铭刻他们为国分忧、为国尽忠的功勋。

赵忠贤为高温超导研究扎根中国并跻身国际前列矢志奋斗，年逾八旬还在培养学生；巴依卡·凯力迪别克一家三代接力护边和他儿子舍己救人的英雄故事，传遍帕米尔高原；许振超填补多项国际技术空白，屡次刷新集装箱装卸世界纪录……

在峥嵘岁月中初心如磐，在使命召唤下勇攀高峰。无数平凡的中国人，成就极不平凡的新中国。

有志青年的救亡图存，革命先烈的前仆后继，投身建设的奉献牺牲，改革开放的敢为人先，新时代的自立自强、创新创造……一路走来，中华民族的精神炬火越发炽热，熠熠生辉。

这炬火，饱含浓烈的家国情——

宁夏银川，长城花园社区，邻里和睦，其乐融融。

2024 年 6 月 19 日，习近平总书记走进这个多民族聚居的幸福家园。

激动的各族群众把习近平总书记簇拥在中间。总书记亲切地同大家握手，微笑着轻拍孩子们的肩膀。

习近平总书记深情地说："五十六个民族凝聚在一起就是中华民族共同体，中华民族是一个大家庭。我们共同奋斗，一起推进中国式现代化，实现中华民族伟大复兴！"

这炬火，映照真挚的中国心——

在香港回归、澳门回归的庄严时刻，在"清澈的爱，只为中国"

★ 2024 年 7 月 26 日，在法国巴黎举行的第 33 届夏季奥林匹克运动会开幕式正式开始前，中国体育代表团旗手挥舞国旗。（新华社记者曹灿摄）

的战士眼中，在追求极致的"大国工匠"手中，在阖家团圆、祈祷国泰民安的焰火升腾中……

20 多年来，林顺潮等香港眼科医生发起"亮睛工程"，带领团队深入内地偏远地区，为数以十万计患者免费施行白内障手术，让光明照进骨肉同胞的心田。

这炬火，熔铸奋斗的旗帜——

1932 年，太平洋彼岸洛杉矶，刘长春孤身一人出征奥运会。彼时报纸刊文："此刻国运艰难，愿诸君奋勇向前，愿来日我等后辈远离这般苦难！"

而今，巴黎奥运会上，游泳运动员潘展乐打破世界纪录后感言："我的这块金牌，献给伟大的祖国！"

百年奥林匹克，见证华夏向前，民族不屈！

打破封锁围堵，战胜地震洪水，抗击严重疫情，应对金融危机……新中国成立 75 年来，中华民族就是这么栉风沐雨走过来的，中国道路就是这么披荆斩棘闯出来的。

正如习近平总书记指出："我们的国家，我们的民族，从积贫积弱一步一步走到今天的发展繁荣，靠的就是一代又一代人的顽强拼搏，靠的就是中华民族自强不息的奋斗精神。"

这炬火，激荡丰伟的正能量——

那是《我的祖国》传唱不衰，《雷锋日记》历久弥新；是"小平你好"的热情问候，是"强国有我"的铿锵誓言；是"文博热"对"何以中国"的仰望，是"村超""村晚"对"热辣滚烫"的追求……

"文化自信是更基本、更深沉、更持久的力量。"

这炬火，照亮我们的精神底色，涵养我们的民族气质。

金秋时节，陕西宝鸡青铜器博物院，镇院之宝何尊铭文"宅兹中国"，诉说着"中国"一词蕴藏的博大文明。

伫立其前，习近平总书记溯古言今："中华文明五千年，还要进一步挖掘，深入研究、阐释它的内涵和精神，宣传好其中蕴含的伟大智慧，从而让大家更加尊崇热爱，增强对中华文明的自豪感，弘扬爱国主义精神，把中华优秀传统文化一代一代传下去。"

泱泱中华，历史何其悠久，文明何其博大，这是我们的自信之基、力量之源。

中华优秀传统文化传承发展工程深入实施，中国国家版本馆盛世修文，春节列入联合国假日，构建人类命运共同体理念载入联合国安理会决议……

黄河九曲，长江奔流。

我们赓续伟大精神，挺起民族的脊梁！

75载人间正道，与世界携手的中国笃志前行

"中华人民共和国万岁""世界人民大团结万岁"——庄严雄伟的天安门城楼，两行巨幅标语格外醒目。

它昭示着共和国缔造者的雄心壮志："中国应当对于人类有较大的贡献。"

也宣示着新时代领航者的庄严承诺："中国共产党是为中国人民谋幸福、为中华民族谋复兴的党，也是为人类谋进步、为世界谋大同的党。"

人间正道是沧桑。今日之中国，已是世界之中国。

2024 年中国国际服务贸易交易会上，主宾国法国国家馆内人头攒动。与会者一边品鉴香槟，一边洽谈合作。

这些香槟，从法国兰斯山脚的葡萄庄园出发，搭乘中欧班列长安号，来到万里之遥的中国，成为服贸会的"座上宾"。

"经过 75 年艰苦卓绝的奋斗，中国的国家面貌和人民生活发生了翻天覆地的变化，但有一点从未改变，那就是我们和平良善的本性、博大包容的胸襟和对公平正义的追求，它根植于 5000 多年的中华文明，生长于中国人民的灵魂深处。"

2024 年 5 月，习近平总书记访欧期间，以饱含深情的"文明自述"，让外国元首又一次领略真实、立体、全面的中国。

"志合者，不以山海为远。"这句充满智慧的中国古语，成为今天的中国与世界"双向奔赴"的生动写照。

"China Travel"火遍全球，广交会、进博会、消博会等"展会矩阵"高朋满座，从被西方世界拒之门外到与全球 183 个国家建交、与 150 多个国家和 30 多个国际组织签署共建"一带一路"合作文件……

"中国之约"应者云集，越来越多的老伙伴、新朋友搭上"中国快车"。

"住在同一颗星球，仰望同一片天空。远和近，都是家人；你和我，命运与共……"中非合作论坛北京峰会欢迎宴会上，来自中国与非洲的少年儿童齐声歌唱。

"在人类追求幸福的道路上，一个国家、一个民族都不能少。"

立己达人的新时代中国，正与世界携手同行。

面对世界百年未有之大变局，百年大党展现宏图壮志与历史担当：

"我们党把马克思主义基本原理同中国具体实际结合起来，在古老的东方大国建立起保证亿万人民当家作主的新型国家制度，使中国特色社会主义制度成为具有显著优越性和强大生命力的制度，保障我国创造出经济快速发展、社会长期稳定的奇迹，也为发展中国家走向现代化提供了全新选择，为人类探索建设更好社会制度贡献了中国智慧和中国方案。"

这是震古烁今的伟大事业——

当今世界，完成工业化的发达国家和地区的人口总和不到10亿人，中国实现现代化的"惊人一跃"，将超过几个世纪以来全世界所有国家和地区现代化人口的总和。

这是指引征程的宏伟蓝图——

"到二〇三五年，全面建成高水平社会主义市场经济体制，中国特色社会主义制度更加完善，基本实现国家治理体系和治理能力现代化，基本实现社会主义现代化，为到本世纪中叶全面建成社会主义现代化强国奠定坚实基础……"2万多字的《中共中央关于进一步全面深化改革、推进中国式现代化的决定》，连接的是每个人的当下与未来。

这是给人类文明进步以启迪的价值追求——

中国的现代化，不仅是"物"的现代化，更是"人"的现代化；不仅要实现国家的富强，更要实现人的全面发展、社会全面进步；不仅要以更加开放的姿态拥抱世界，还要以更有活力的文明成就贡献世界。

2024年9月1日，全国中小学生同上"开学第一课"，玄武岩"织就"的五星红旗在月球背面展开的画面，"燃"起无数颗青春的心。

中国红，又一次闪耀在太空！中国，正向着更辽阔的时空进发。

"只有敢于走别人没有走过的路，才能收获别样的风景。"

笃志前行，虽远必达。

我们已踏上充满光荣和梦想的远征！

我们将创造更加光明而壮阔的未来！

（记者吴晶、史竞男、张辛欣、王希、董博婷、周楠）

总量连上台阶　结构优化升级

——新中国成立 75 周年经济发展成就综述

2024 年，新中国迎来 75 周年华诞。

风雨兼程，春华秋实。75 年来，在中国共产党的坚强领导下，中国从温饱不足迈向全面小康，从积贫积弱迈向繁荣富强，创造了人类发展史上的伟大奇迹。

砥砺前行，扬帆奋进。党的十八大以来，以习近平同志为核心的党中央高瞻远瞩、统揽全局、把握大势，推动中国经济巨轮乘风破浪、行稳致远。

经济规模连上台阶　综合国力实现历史性跃升

初秋时节，伶仃洋波涛万里，海天一色。深中通道宛若一条巨龙，盘旋在蔚蓝海面之上。这个举世瞩目的超级工程，在 2024 年 6 月 30 日正式通车，成为全球首个集"桥、岛、隧、水下互通"为一体的跨海集群工程。

重大工程是经济实力和综合国力的集中体现，是读懂中国经济的一把钥匙。

新中国成立 75 年来，中国经济创造了波澜壮阔、惊天动地的历史。特别是党的十八大以来，以习近平同志为核心的党中央以新发展理念为引领，着力激发高质量发展的动力、活力、潜力，有效应对前进道路上的各种风险挑战，有力促进了经济持续健康发展。

75 年来，我国经济规模连上台阶。

1952 年，我国国内生产总值仅为 679 亿元。改革开放以来，经济快速发展，经济总量 1986 年突破 1 万亿元，2000 年突破 10 万亿元大关，2010 年超过日本成为世界第二大经济体。

党的十八大以来，我国经济实力持续增强。2020 年，经济总量突破 100 万亿元大关，2023 年超过 126 万亿元。按不变价计算，2023 年经济总量比 1952 年增长 223 倍，年均增长 7.9%。

75 年来，我国发展根基愈发坚实。

粮食总产量由 1949 年的 11318 万吨提高到 2023 年的 69541 万吨，把饭碗牢牢端在自己手里，农业基础地位不断强化；2023 年，我国制造业增加值达 33 万亿元，规模连续 14 年位居全球首位，工业生产能力不断提升；新产业新业态层出不穷，服务业逐步成长为国民经济第一大产业。

75 年来，我国经济影响力持续提升。

2023 年中国经济总量占世界的比重升至 17% 左右。2013 年至 2023 年，中国经济对世界经济增长平均贡献率超过 30%，是世界经济增长的最大动力源。

货物贸易第一大国、服务贸易第二大国、商品消费第二大国、外汇储备第一大国……今日的中国经济，呈现万千气象。

习近平总书记指出，中国共产党 100 多年团结带领中国人民追求民族复兴的历史，也是一部不断探索现代化道路的历史。经过数代人不懈努力，我们走出了中国式现代化道路。

欧洲《现代外交》网站文章评价说，75 年来，中国从一个贫穷的国家变成了世界第二大经济体，拥有世界上最大的制造业体系。中共十八大以来，全国人民的努力取得成果，中国发生了历史性变化，成功迈进现代化建设的新阶段。

经济结构持续优化　高质量发展扎实推进

2024 年 7 月，中国一汽自主研发的第 900 万辆解放牌卡车在位于吉林省长春市的智能工厂下线。70 多年前，中国一汽从零起步，

★ 中国一汽第 6000 万辆汽车暨第 900 万辆解放牌卡车驶下生产线。（新华社记者颜麟蕴摄）

三年建成投产，结束了新中国不能制造汽车的历史。

解放牌卡车用七代车的更迭，印证了中国汽车工业从无到有、从弱到强的发展成就。一汽的自主创新、华丽蜕变，也是中国经济转型升级的缩影。

新中国成立75年来，我国经济从结构单一到百业兴旺，经济发展的全面性、协调性和可持续性不断增强。

特别是党的十八大以来，以习近平同志为核心的党中央锚定高质量发展目标，加快推动经济结构战略性调整，转变发展方式、优化经济结构取得实质性进展。

这是经济结构不断优化的75年——

产业结构深刻变化，实现由农业为主向三次产业协同发展的转变；需求结构持续改善，实现由需求疲弱向"三驾马车"协同发力的转变；从城乡分割到统筹推进，区域结构优化重塑。

党的十八大以来，推动经济结构优化蹄疾步稳。传统产业转型加快，新兴产业蓬勃发展，服务业规模持续壮大。2023年最终消费支出对经济增长的贡献率达到82.5%，消费"主引擎"作用进一步增强。区域协调发展战略和区域重大战略深入实施，新的增长极增长带不断形成。2023年末常住人口城镇化率比2012年末提高13.06个百分点，城乡发展差距进一步缩小。

这是发展动力不断增强的75年——

从"东方红一号"卫星成功发射到"天宫"遨游太空，再到C919大飞机实现商飞，中国创新实力持续跃升。

2023年，我国全社会研究与试验发展经费支出规模稳居世界第二，比 2012 年增长 2.2 倍；全球创新指数排名从 2012 年的第 34 位跃升至 2023 年的第 12 位，是前 30 位中唯一的中等收入经济体……党的十八大以来，创新为高质量发展注入源源动力。

这是发展空间不断拓展的 75 年——

从大规模"引进来"到大踏步"走出去"，再到构建开放型经济新体制，我国经济发展不断拓展新空间。

党的十八大以来，我国货物贸易规模连创新高。2023 年，实际利用外商直接投资 1633 亿美元，比 1983 年增长 176 倍，规模连续多年保持世界领先。共建"一带一路"朋友圈巩固扩大，分批次设立 22 个自贸试验区，全面开放新格局加快形成。

面对纷繁复杂的国际国内形势，今天的中国，正围绕推进中国式现代化进一步全面深化改革，因地制宜发展新质生产力，为推动高质量发展不断注入新动能。

民生福祉不断增进　人民生活水平持续提升

名字听着"土"，村子却很"潮"。走进云南省红河州开远市黑泥地社区，只见家家户户被绿树鲜花环绕，阳光照耀之下，房屋错落有致，道路宽阔整洁，彩色民居熠熠生辉。

从昔日"道路拧麻花、污水靠蒸发、垃圾靠风刮"的贫困村，到如今吃上"旅游饭"、过上好日子，2024 年上半年已实现旅游收入 70 多万元……黑泥地的蝶变是乡村振兴的真实写照。

新中国成立 75 年来，我国始终把增进民生福祉作为经济发展的出发点和落脚点。

特别是党的十八大以来，面对人民日益增长的美好生活需要，以习近平同志为核心的党中央坚持以人民为中心的发展思想，不断补齐民生保障短板，人民群众的获得感成色更足、幸福感更可持续、安全感更有保障。

绝对贫困问题得到历史性解决——

新中国成立初期，国家积贫积弱，人民普遍贫困。经过多年不懈奋斗，贫困人口显著减少。党的十八大以来，我国全面打响脱贫攻坚战。到 2020 年底现行标准下 9899 万农村贫困人口全部脱贫，832 个贫困县全部摘帽，区域性整体贫困得到解决，完成消除绝对贫困的艰巨任务。

人民生活发生翻天覆地变化——

49.7 元，这是 1949 年全国居民人均可支配收入；到 1978 年改革开放初期，也仅有 171 元。2023 年，全国居民人均可支配收入达到 3.92 万元，扣除物价因素比 1949 年实际增长 76 倍，年均增长 6%。

党的十八大以来，就业优先战略深入实施，2013 年至 2023 年累计实现城镇新增就业超 1.4 亿人。居民收入稳步增加，生活品质不断提升，居民每百户家用汽车拥有量从 2013 年的 16.9 辆增加到 2023 年的 49.7 辆。我国以前所未有的力度推进生态文明建设，重污染天数明显减少，水环境质量显著改善，土壤环境风险得到有效管控，万里山河增添了山青、水绿、天蓝、土净的亮丽底色。

社会保障网越织越密——

新中国成立初期，我国社会保障尚属空白。改革开放以来，我国社会保障制度逐步建立，覆盖面持续扩大。

党的十八大以来，社会保障体系建设驶入快车道，我国建成世界上规模最大的社会保障体系。2023 年底，基本养老、基本医疗、工伤、失业保险参保人数分别达到 10.7 亿人、13.3 亿人、3 亿人、2.4 亿人。住房保障力度加大，养老服务加快发展，儿童福利和未成年人保护体系不断完善。

75 年披荆斩棘，75 年沧桑巨变。回望过去，中国经济创造奇迹、实现跃升；展望未来，在以习近平同志为核心的党中央坚强领导下，中国经济高质量发展步履坚定，必将开拓出更加光明的发展前景。（记者陈炜伟、申铖、邹多为）

延伸阅读

把大国重器掌握在自己手里

——三峡工程持续服务经济社会高质量发展

习近平总书记强调，真正的大国重器，一定要掌握在自己手里。

三峡工程是国之重器，三峡工程的成功建成和运转，是我国社会主义制度能够集中力量办大事优越性的典范，是中国人民富于智慧和创造性的典范，是中华民族日益走向繁荣强盛的典范。

三峡工程充分体现了中华民族自强不息的奋斗精神，正持续服务经济社会高质量发展。

世界最大水利枢纽工程建设完成

三峡工程拥有世界最大的水利枢纽工程等 112 项世界之最，拥有 934 项发明专利……俯瞰三峡双线五级船闸，一艘艘货船正有序通过。

登上坛子岭，以最佳视角观赏三峡工程全貌；站上 185 平台，俯瞰三峡大坝横卧于长江，尽情感受"截断巫山云雨，高峡出平湖"的豪迈情怀；游览集科普、休闲于一体的国内首家水利工程主题公园——截流纪念园，体验大坝截流成功的伟大时刻……2024 年 10 月 1 日至 7 日，有 20.1 万名境内外游客近距离感受三峡工程的傲然风姿，比去年国庆假期增长 9.24%。

　　兴建三峡工程，是中华民族的百年梦想。20 世纪初，孙中山先生在《建国方略》中就提出在长江三峡河段修建闸坝的设想。新中国成立后，由于技术水平、资金筹措、移民安置的制约以及生态环境等方面的考虑，三峡工程历经多次筹备、论证。经过几代人的艰辛探索与努力，1994 年 12 月 14 日，长江三峡工程开工典礼大会在三峡大坝坝址——湖北省宜昌市三斗坪举行。这是我国经济建设中的一件大事，也是全国人民关注的一件大事。

　　"干三峡工程就要吃得了苦。那些年里，我和工作伙伴们一起，认真研究琢磨大坝建设技术问题，克服了大坝混凝土温控防裂等一系列难题。"白鹤滩工程建设部原主任、曾参与三峡工程建设的汪志林回忆说，"国务院质量专家组评价，右岸大坝是一座没有裂缝的混凝土重力高坝，创造了世界奇迹。这对我们这些三峡建设者来说，是莫大的肯定。"

　　1997 年 11 月，三峡工程成功实现大江截流。2020 年 11 月 1 日，水利部、国家发展改革委公布，三峡工程日前完成整体竣工验收全部程序。至此，中华民族百年三峡梦想实现。

不断改善提升百姓生产生活

　　提到早年行船的经历，年过半百的老船长陈利更多的竟然是"后怕"。陈利说："那时过巫山、奉节要经过许多险滩，上行的时候要'绞滩'，就是在过险滩时把船绞上去，打不过去就可能会触礁沉船。下行的时候，一进峡口水流急、漩涡多，尤其到了洪水期更难走，每到那时站在船上，腿都会不自觉地发抖。"

三峡工程建成蓄水后，川江上的绞滩站、助拖站终于退役。长江航道条件得到了极大的改善，保障了包括航运人员在内的广大人民生命财产安全，有效推动了长江航运业的发展。

兴建三峡水库，国家投入大量资金，成功安置了百万移民，并使他们逐步脱贫致富。多年来，水利部门围绕"保安全、惠民生、促发展"这条主线，多维度推进三峡后续工作。

在重庆市开州区乌杨村的柑橘提质增效示范基地，柑橘种植大户文太胜说，有了三峡后续工作项目提供的技术帮扶，他种植的柑橘不愁卖，目前1900余亩的产业园年收入超过1000万元。

持续服务经济社会高质量发展

2024年12月14日，三峡工程将迎来开工建设30周年。如今，三峡工程已全面发挥防洪、发电、航运、水资源利用等综合效益，持续服务经济社会高质量发展。

防洪，是三峡工程的首要使命。三峡水库建库以来累计拦洪近70次，拦洪总量超过2200亿立方米，特别是2020年在78000立方米每秒的三峡建库以来最大洪峰过境期间，三峡水库控制最大出库流量不超过49400立方米每秒，有力确保长江安澜。2024年成功抵御长江3次编号洪水，充分发挥"大国重器"防洪作用。

三峡工程是目前世界上装机容量最大的水电站，坐拥32台巨型机组的三峡电站，总装机容量2250万千瓦，是我国"西电东送""南北互供"的骨干电源点：1 秒钟，在线监测系统可处理 75 万多组运行数据；1 分钟，智能巡检机器人可完成巨型机组风洞设备的 10 米巡检，填补行业技术空白；1 年，电站可生产约 882 亿千瓦时的清洁电能。

长江黄金水道全面发挥作用，三峡船闸是关键。三峡双线五级船闸和三峡升船机联合运行，提高了枢纽航运通过能力和通航灵活性。截至 2024 年 6 月 18 日，三峡船闸已累计运行 20.43 万闸次，通过船舶 103.53 万艘次，通过旅客 1226.17 万人次，过闸货运量达 20.77 亿吨，长江成为名副其实的"黄金水道"。

生态环保是三峡工程的底色。中华鲟、荷叶铁线蕨、珙桐……如今，这些珍稀动植物在科研人员的不懈努力下，种群资源不断扩大，逐渐回到人们的视野。

中国三峡集团董事长、党组书记刘伟平说，接下来，我们要科学运行管理好三峡水利枢纽，充分发挥三峡工程核心功能和综合效益，有力保障防洪安全、生态安全、供水安全、航运安全、能源安全，更好服务经济社会高质量发展，为实现中华民族伟大复兴中国梦作出新的贡献。（记者郁琼源）

奋进在教育强国大路上

——新中国成立 75 周年教育事业发展成就综述

新中国成立以来，我国教育事业步履铿锵，开辟了中国特色社会主义教育发展道路。党的十八大以来，以习近平同志为核心的党中央把教育摆在优先发展的战略位置，引领教育事业取得历史性成就、发生格局性变化，教育大国阔步迈向教育强国。

立框架：建成世界最大规模且有质量的教育体系

青海果洛藏族自治州，地处青藏高原腹地，地广人稀，交通不便。曾几何时，得到优质的教育、照亮学生成才的梦想，是这里最深切的期盼。

2019 年，在上海市援助下，专为解决农牧区孩子"上好学"的果洛西宁民族中学正式开学。绿意葱茏的校园环境、设施完善的学生宿舍、数字化的智能教室……这里，是果洛藏族自治州孩子们在西宁的家，也是他们实现梦想的地方。

2024 年 6 月，习近平总书记来到青海考察，第一站走进果洛西宁民族中学，看望这里的老师和同学们。习近平总书记亲切地对同

★ 果洛西宁民族中学学生在打篮球。（新华社记者张龙摄）

学们说："从牧区来到这里，生活习惯会有一些改变，但你们的人生会有更多的机会。"

　　教育是国之大计、党之大计，事关国家发展、事关民族未来。

　　在新中国成立之初，全国人口中80%为文盲，高等教育毛入学率仅有0.26%。文化水平过低，成为民族发展进步的重要阻碍。

　　经过75年的不懈努力，我国已建成世界最大规模且有质量的教育体系，教育普及水平实现历史性跨越。数据显示，2023年，全国有各级各类学校49.83万所，有2.91亿学历教育在校生，专任教师1891.8万人。

　　既有量的提升，也有质的飞跃。我国学前教育、义务教育普及程度已达到高收入国家平均水平，高等教育进入世界公认的普及化阶段，一批大学和一大批学科已经跻身世界先进水平。

为党育人，为国育才。聚焦立德树人根本任务，德智体美劳全面发展的育人体系全面构建。

2024 年秋季开学起，全国小学和初中启用新修订的道德与法治、语文、历史三科统编教材。新教材选材更加丰富，编排更加科学，育人导向更加鲜明。

从大中小学思想政治教育一体化建设不断推进，党的创新理论不仅进教材、进课堂，而且进头脑；到将劳动教育有机融入青少年成长的全过程，爱劳动、会劳动逐步成为校园新风尚；再到持续深化体育教学改革，实施美育浸润计划、青少年读书行动……如今，教育不再是一"智"独秀，德智体美劳全面协同发展的局面正在形成。

伴随教育事业的蓬勃发展，学生成长成才的通道变得更加广阔。

2022 年 12 月，中办、国办印发《关于深化现代职业教育体系建设改革的意见》，意见提出提升职业学校关键办学能力等五方面重点工作，培养更多高素质技术技能人才、能工巧匠、大国工匠。

三百六十行，行行出状元。我国坚持职业教育与普通教育同等重要、协调发展，加快构建现代职业教育体系，让不同禀赋、不同发展兴趣的学生能够有效地学习、多样化成才。

走过 75 年峥嵘岁月，全民族科学文化素质全面提升，为国家发展提供了强有力的人才支撑，为教育强国建设打下了坚实基础。

补短板：人民群众教育获得感显著增强

2024 年 7 月 1 日，教育部开通高校学生资助热线电话，各省区市和中央部门所属高校也同步开通了热线电话，为大学新生特别是家庭经济困难的大学新生提供资助政策咨询与帮助。

自 2005 年首次开通以来，高校学生资助热线电话已连续开通 20 年。

今天，我国学生资助政策体系年资助人次达到 1.6 亿，全面实现应助尽助。

从学生资助政策体系实现全覆盖并日益健全，到"特岗计划"为中西部乡村学校补充优质师资；从国家财政性教育经费投入占国内生产总值比例连续 10 多年不低于 4%，到全国 2895 个县级行政单位全部实现义务教育基本均衡……随着高质量教育体系加快建设，人民群众教育获得感显著增强。

全力保障教育优先发展——

国家财政性教育经费投入保持财政一般公共预算第一大支出，巩固了教育优先发展的战略地位。"优师计划"每年为全国 832 个脱贫县和中西部陆地边境县定向培养 1 万名左右本科层次师范生。义务教育教师实现平均工资收入水平不低于当地公务员平均工资收入水平，教师待遇持续改善，全社会尊师重教的氛围更加浓厚。

满足人民"上好学"需求——

实施基础教育扩优提质行动，积极推进学前教育普及普惠安全

★ 云南丽江华坪女子高级中学学生在体验翻越障碍板。（新华社记者陈欣波摄）

优质发展，加快义务教育优质均衡发展，扩大普通高中优质资源、推进多样化发展；实施义务教育学校标准化建设工程、加强乡村小规模学校和乡镇寄宿制学校建设……更加公平、更有质量的基础教育新格局正在构建。

全力破解急难愁盼问题——

直面教育发展过程中的短板，我国积极推进免试就近入学、划片规范入学、阳光监督入学；推进"双减"工作、规范民办义务教育取得明显进展。进城务工人员随迁子女在公办学校就读和享受政府购买学位服务的比例超过 95%，义务教育进入优质均衡和城乡一体化发展新阶段。

助发展：教育服务经济社会发展能力不断增强

强国建设、民族复兴的征途，需要无数高素质的劳动者、专门人才和一大批拔尖创新人才。

2024 年春天，教育部公布 2023 年度普通高等学校本科专业备案和审批结果、2024 年高等职业教育专科专业设置备案和审批相关工作结果，调整幅度为历年来最大，高校专业设置与经济社会发展更加契合。

75 年来，锚定国家战略需求和社会经济发展需要，我国不断推动教育改革发展，教育服务社会主义现代化建设的使命任务更加充分彰显。

神舟飞天、蛟龙入海、北斗组网……一项项大国工程都与高校提供的关键技术密不可分。

高校充分发挥基础研究主力军、重大科技突破策源地作用。在 2023 年度国家科学技术奖励中，高校牵头获得的国家自然科学奖、技术发明奖、科学技术进步奖分别占总数的 75.5%、75.6%、56.5%。

坚定走好人才自主培养之路，我国启动实施"强基计划"和基础学科拔尖人才培养计划，持续推进卓越工程师教育培养改革。现代制造业、战略性新兴产业和现代服务业新增从业人员 70% 以上来自职业院校，能工巧匠、大国工匠不断涌现。

更好服务地方经济社会发展，我国深入推进"双一流"建设，建立职普融通、产教融合、科教融汇体制机制，促进形成与国家战略相匹配的学校、学科、专业布局。

赋能学习型社会建设，我国实施教育数字化战略行动，国家智慧教育平台成为世界第一大教育资源数字化中心和服务平台，人人皆学、处处能学、时时可学正加速实现。

中国教育"朋友圈"也在不断扩大。经过 75 年的努力，更全方位、更多层次、更宽领域、更加主动的教育国际交流与合作新格局正加快形成，教育国际影响力持续提升。

从新中国成立之初的 10 人中有 8 人是文盲，到 2023 年新增劳动力平均受教育年限超过 14 年；从 1980 年高校毕业生人数 14.7 万人，到 2022 年突破千万人；从 1949 年各类职业学校在校生仅 30 万人，到如今中高职学校每年培养 1000 万名左右的高素质技术技能人才……

75 载耕耘，教育结出硕果。站在加快建设教育强国的新起点，教育正在不断厚植人民幸福之本、夯实国家富强之基，为以中国式现代化全面推进强国建设、民族复兴伟业作出更大贡献。（记者施雨岑、徐壮、王鹏）

延伸阅读

朝着建成教育强国战略目标扎实迈进

习近平总书记 2024 年 9 月出席全国教育大会并发表重要讲话。讲话站在党和国家事业发展全局的战略高度，全面总结新时代教育事业取得的历史性成就、发生的格局性变化，系统阐释教育强国的科学内涵和基本路径，深刻阐述教育强国建设要正确处理好的重大关系，系统部署全面推进教育强国建设的战略任务和重大举措，是指导新时代新征程教育工作的纲领性文献，为建设教育强国指明了前进方向、提供了根本遵循。

教育兴则国家兴，教育强则国家强。建成教育强国是近代以来中华民族梦寐以求的美好愿望，是实现以中国式现代化全面推进强国建设、民族复兴伟业的先导任务、坚实基础、战略支撑。党的十八大以来，以习近平同志为核心的党中央坚持把教育作为国之大计、党之大计，作出深入实施科教兴国战略、加快教育现代化的重大决策，确立到 2035 年建成教育强国的奋斗目标，加强党对教育工作的全面领导，不断推进教育体制机制改革，推动新时代教育事业取得历史性成就、发生格局性变化，教育强国建设迈出坚实步伐。

"国势之强由于人，人材之成出于学。"我们要建成的教育强国，是中国特色社会主义教育强国，应当具有强大的思政引领力、人才竞争力、科技支撑力、民生保障力、社会协同力、国际影响力。建设教育强国是一项复杂的系统工程，只有紧紧围绕立德树人这个根本任务，坚持社会主义办学方向，坚持和运用系统观念，正确处理支撑国家战略和满足民生需求、知识学习和全面发展、培养人才和满足社会需要、规范有序和激发活力、扎根中国大地和借鉴国际经验等重大关系，才能不断培养德智体美劳全面发展的社会主义建设者和接班人，为以中国式现代化全面推进强国建设、民族复兴伟业提供有力支撑。

育人之本，在于立德铸魂。建设教育强国，要明确战略任务，坚持不懈用习近平新时代中国特色社会主义思想铸魂育人，实施新时代立德树人工程。要不断加强和改进新时代学校思想政治教育，教育引导青少年学生坚定马克思主义信仰、中国特色社会主义信念、中华民族伟大复兴信心，立报国强国大志向、做挺膺担当奋斗者。要用好新时代伟大变革成功案例，充分发挥红色资源育人功能，要促进铸牢中华民族共同体意识，为国家和民族培养更多栋梁之才、有用人才。

教育、科技、人才是全面建设社会主义现代化国家的基础性、战略性支撑。建设教育强国，要抓实战略举措，统筹实施科教兴国战略、人才强国战略、创新驱动发展战略，一体推进教育发展、科技创新、人才培养。强教必先强师。要实施教育家精神铸魂强师行动，加强师德师风建设，提高教师培养培训质量，加强教师待遇保障，培养造就新时代高水平教师队伍，让教师成为最受社会尊重的职业之一。要深入推动教育对外开放，统筹"引进来"和"走出去"，不断提升我国教育的国际影响力、竞争力和话语权，积极参与全球教育治理，为推动全球教育事业发展贡献更多中国力量。

建设教育强国，要把牢价值取向，坚持以人民为中心。新时代以来，我们党坚持以教育之力厚植人民幸福之本，建成了世界最大规模且有质量的教育体系，教育普及水平实现历史性跨越。新征程上，不断提升教育公共服务的普惠性、可及性、便捷性，优化区域教育资源配置，推动义务教育优质均衡发展，逐步缩小城乡、区域、校际、群体差距，扩大优质教育资源受益面，才能让教育改革发展成果更多更公平惠及全体人民，办好人民满意的教育。

百年大计，教育为本。让我们把思想和行动统一到习近平总书记重要讲话精神和党中央决策部署上来，务实功、出实招、求实效，奋力谱写教育强国建设崭新篇章。（新华社评论员）

为民族复兴锻造更加坚强有力的领导力量

——新中国成立 75 周年党的建设成就综述

治国必先治党，党兴才能国强。

从新中国成立时的 400 多万名党员，到世界上最大的马克思主义政党，波澜壮阔的历史进程中，党的建设全面加强。特别是党的十八大以来，以习近平同志为核心的党中央深入推进新时代党的建设新的伟大工程，进一步增强党的创造力凝聚力战斗力，引领"中国号"巨轮乘风破浪、一往无前。

砥柱中流　确保党始终成为中国特色社会主义事业的坚强领导核心

办好中国的事，关键在党。

历史和现实都证明，没有中国共产党，就没有新中国，就没有中华民族伟大复兴。治理好我们这个世界上最大的政党，必须坚持党的全面领导特别是党中央集中统一领导，坚持民主集中制，确保党始终总揽全局、协调各方。

2024 年 1 月 4 日，北京中南海，一个会议开了一整天。习近平总书记主持中共中央政治局常委会会议，听取全国人大常委会、国务院、全国政协、最高人民法院、最高人民检察院党组工作汇报，听取中央书记处工作报告。

近年来，党中央每年听取"五大班子"的工作汇报和中央书记处工作报告。这已成为加强和维护党中央集中统一领导的重要制度安排。

党的十八大以来，以习近平同志为核心的党中央采取一系列重大战略举措，坚持和加强党的全面领导，取得重大政治成果、理论成果、制度成果、实践成果。

从提出新时代党的建设总要求，进一步强调坚持和加强党的领

★ 2021年6月28日晚，庆祝中国共产党成立100周年文艺演出《伟大征程》在北京国家体育场盛大举行。这是情景舞蹈《党旗在我心中》。（新华社记者殷博古摄）

导，到把中国共产党领导这一"中国特色社会主义最本质的特征"载入党章和宪法；

从深化党和国家机构改革，着眼于把党作为最高政治领导力量的地位和作用进一步制度化，到强化党中央决策议事协调机构职能作用；

从意识形态工作到国有企业治理，再到高校领导体制、群团组织建设，党的领导融入各类工作全过程、各方面；

……

2023年6月，全国组织工作会议鲜明提出习近平总书记关于党的建设的重要思想，并用"十三个坚持"进行系统总结和集中概括，居首位的正是"坚持和加强党的全面领导"，充分彰显党的领导的关键作用、重要意义。

沧海横流显砥柱，万山磅礴看主峰。

进入新时代，广大党员、干部更加深刻领悟"两个确立"的决定性意义、更加坚决做到"两个维护"，在以习近平同志为核心的党中央坚强领导下，团结成"一块坚硬的钢铁"，步调一致向前进。

淬火锻造　锲而不舍以伟大自我革命引领伟大社会革命

强大的政党，锻造于坚强的自我革命。

从新中国成立后，开展整风整党，加强党内教育，整顿基层党组织，提高党员条件，反对官僚主义、命令主义和贪污浪费，到改革开放和社会主义现代化建设新时期把党风廉政建设和反腐败斗争

★ 庆祝中华人民共和国成立 70 周年大会在北京天安门广场隆重举行。这是群众游行中的从严
　治党方阵。（新华社记者刘军喜摄）

提高到关系党和国家生死存亡的高度，推进惩治和预防腐败体系建
设，再到新时代以空前力度正风肃纪反腐，纵深推进全面从严治党，
开辟百年大党自我革命新境界……

　　75 载接续奋斗，既是一部波澜壮阔的社会革命史，也是一部激
浊扬清的自我革命史。

　　2022 年 10 月 27 日，党的二十大闭幕不到一周，习近平总书记
带领二十届中共中央政治局常委来到中国革命"胜利的出发点"——
延安。

　　在杨家岭毛泽东同志旧居里，一张毛泽东同志到机场迎接前来
考察的黄炎培一行的照片吸引了总书记的目光。

1945年，正是在延安的窑洞里，面对黄炎培提出的"历史周期率"之问，毛泽东同志给出第一个答案，就是"让人民来监督政府"。

进入新时代，以习近平同志为核心的党中央在全面从严治党的伟大实践中给出第二个答案，这就是自我革命。

从中央八项规定破题，以上率下抓作风建设，驰而不息纠"四风"、树新风。2023年底国家统计局社情民意电话调查结果显示，95.7%的受访群众对中央八项规定精神贯彻落实情况总体成效表示肯定；

以雷霆之势反腐惩恶，"打虎""拍蝇""猎狐"多管齐下。党的十八大后10年间，全国纪检监察机关共立案464.8万余件，其中立案审查调查中管干部553人，处分厅局级干部2.5万多人、县处级干部18.2万多人；

将党内集中教育和经常性教育相结合，党的十八大以来，党的群众路线教育实践活动、"三严三实"专题教育、"两学一做"学习教育、"不忘初心、牢记使命"主题教育、党史学习教育、学习贯彻习近平新时代中国特色社会主义思想主题教育、党纪学习教育接续开展，为广大党员干部补钙壮骨；

......

党的十八大以来，从腐败和反腐败"呈胶着状态"，到反腐败斗争"压倒性态势已经形成"，再到"取得压倒性胜利并全面巩固"，党风廉政建设和反腐败斗争取得显著成效，真正做到了"抓铁有痕、踏石留印"。

建章立制　推动党的制度优势更好转化为治国理政的实际效能

2023 年 12 月 27 日，修订后的《中国共产党纪律处分条例》全文发布，这是党的十八大以来，党中央对这一条例的第三次修订。

严明政治纪律和政治规矩、在全链条全周期全覆盖上不断发力、激励引导党员干部担当作为、促进执纪执法贯通……

作为规范党组织和党员行为的基础性党内法规，党纪处分条例的再次修订，进一步扎紧制度的"篱笆"，释放出越往后执纪越严的强烈信号。

重视加强党的制度建设，是我们党的优良传统和政治优势，是管党治党的重要法宝。

新中国成立 75 年来，党的制度建设地位更加突出、党内法规制度体系不断健全，制度治党、依规治党思路更加清晰，对全面加强党的建设起到了重要保障作用。

从纪律处分条例、问责条例，到关于新形势下党内政治生活的若干准则、党内监督条例，再到首部《中国共产党纪律检查委员会工作条例》……新时代以来，新制定修订的党内法规占现行有效党内法规的比例超过 70%，成为党的历史上制度成果最丰硕、制度体系最健全、制度执行最严格的时期。

2021 年 7 月 1 日，习近平总书记在庆祝中国共产党成立 100 周年大会上指出，我们党已经"形成比较完善的党内法规体系"。

这一制度建设重大成果，深刻反映出我们党百年来持续推进建章立制，特别是党的十八大以来全面深化党的建设制度改革的显著成效。

完善党的领导制度体系，出台《中共中央政治局关于加强和维护党中央集中统一领导的若干规定》《中国共产党重大事项请示报告条例》等党内法规，党的全面领导更加制度化、规范化；

健全全面从严治党体系，将政治建设、思想建设、组织建设、作风建设、纪律建设、制度建设、反腐败斗争贯通起来，走出一条中国特色反腐败之路；

完善党和国家监督体系，纪检监察"三项改革"有机融合、一体推进，党对反腐败工作的集中统一领导全面加强，体制机制"四梁八柱"基本确立，为强化对权力的监督和制约提供有力支撑；

……

党的二十届三中全会通过的《中共中央关于进一步全面深化改革、推进中国式现代化的决定》把党的建设制度改革摆在重要位置统筹谋划、接续推进，系统部署完善党的建设制度机制，对推动党的制度优势更好转化为治国理政的实际效能有着重要意义。

75 年栉风沐雨，百余年春华秋实。

昔日星星之火，今已成燎原之势。踏上新征程，在以习近平同志为核心的党中央坚强领导下，我们党必将团结带领亿万人民踔厉奋发、勇毅前行，将强国建设、民族复兴伟业不断推向前进。（记者孙少龙）

延伸阅读

把新时代党的建设新的伟大工程不断推向前进
——热烈庆祝中国共产党成立 103 周年

一个饱经沧桑而初心不改的党，才能基业长青；一个铸就辉煌仍勇于自我革命的党，才能无坚不摧。在强国建设、民族复兴的新征程上，我们迎来中国共产党成立 103 周年。"七一"前夕，中共中央政治局就健全全面从严治党体系进行第十五次集体学习。习近平总书记在主持学习时发表重要讲话，强调贯彻落实新时代党的建设总要求，进一步健全要素齐全、功能完备、科学规范、运行高效的全面从严治党体系，释放出坚定不移推进全面从严治党、不断把新时代党的建设新的伟大工程推向前进的鲜明信号。

党要管党才能管好党，从严治党才能治好党。党的十八大以来，以习近平同志为核心的党中央发扬刀刃向内的自我革命精神，采取一系列重大战略举措，坚持和加强党的全面领导，坚定不移推进全面从严治党，取得一系列理论创新、实践创新、制度创新成果，构建起全面从严治党体系，开辟了百年大党自我革命新境界。经过新时代以来的革命性锻造，我们党更加坚强有力、更加充满活力，团结带领全国各族人民迈上全面建设社会主义现代化国家新征程。实践充分证明，全面从严治党是党永葆生机活力、走好新的赶考之路的必由之路。新征程上，驰而不息推进全面从严治党，使党在自我革命中不断焕发蓬勃生机，我们党就能始终成为中国人民最可靠、最坚强的主心骨，始终成为中国特色社会主义事业的坚强领导核心。

历经百余年奋斗，我们党已经从成立之初的几十名党员发展成为拥有9900多万名党员、500多万个基层党组织的世界上最大的马克思主义执政党。大有大的优势，大也有大的难处。必须看到，党面临的"四大考验""四种危险"将长期存在，全面从严治党永远在路上，党的自我革命永远在路上，解决大党独有难题是一个长期而艰巨的过程。全党必须永葆"赶考"的清醒和坚定，以健全全面从严治党体系为有效途径，不断把新时代党的建设新的伟大工程推向前进。

"事必有法，然后可成。"新时代党的建设是以党的政治建设为统领、党的各项建设同向发力综合发力的系统工程，必须以习近平总书记关于党的建设的重要思想、关于党的自我革命的重要思想为根本遵循，坚持和加强党的全面领导和党中央集中统一领导，贯彻落实新时代党的建设总要求，用系统思维、科学方法加以推进。立治有体，施治有序。要着眼于进一步健全全面从严治党体系要求，健全上下贯通、执行有力的组织体系，健全固本培元、凝心铸魂的教育体系，健全精准发力、标本兼治的监管体系，健全科学完备、有效管用的制度体系，健全主体明确、要求清晰的责任体系，推进管党治党内容全涵盖、对象全覆盖、责任全链条、制度全贯通，扎实推动全面从严治党向纵深发展。

治国必先治党，党兴才能国强。全面建设社会主义现代化国家、全面推进中华民族伟大复兴，关键在党。党的领导是进一步全面深化改革、推进中国式现代化的根本保证。新征程上，必须坚持党中央对进一步全面深化改革的集中统一领导，保持以党的自我革命引领社会革命的高度自觉，坚持用改革精神管党治党，以钉钉子精神抓好改革落实，把进一步全面深化改革的战略部署转化为推进中国式现代化的强大力量。打铁必须自身硬，只有不断提升党的执政能力和水平，增强干部推动高质量发展本领、服务群众本领、防范化解风险本领，才能在攻坚克难中打开事业发展新天地，创造无愧于党、无愧于人民、无愧于时代的新业绩。

奋楫扬帆启新程，击鼓催征再出发。即将召开的党的二十届三中全会将对进一步全面深化改革作出新的重大部署。让我们更加紧密地团结在以习近平同志为核心的党中央周围，坚持以习近平新时代中国特色社会主义思想为指导，进一步健全全面从严治党体系、深入推进全面从严治党，把我们党治理好、建设强，为以中国式现代化全面推进强国建设、民族复兴伟业提供坚强保障。（新华社评论员）

向着科技强国加速迈进

——新中国成立 75 周年科技事业发展综述

新中国成立 75 年来，我国科技事业取得长足发展，成为世界上具有重要影响力的科技大国。

党的十八大以来，以习近平同志为核心的党中央坚持把科技创新摆在国家发展全局的核心位置，我国科技事业取得历史性成就、发生历史性变革，向着科技强国加速迈进。

我国科技事业取得历史性成就、发生历史性变革

月背着陆、智能采样、起飞返回……在万众瞩目之下，我国嫦娥六号任务实现了人类首次月球背面采样返回的创举，成功带回 1935.3 克月球样品。这也是中国航天史上迄今技术水平最高的月球探测任务。

从"东方红一号"卫星成功发射，到中国航天员遨游太空；从中国空间站全面建成，到探月、探火工程深入推进，中国航天的高速发展折射我国科技事业发展的伟大成就。

科技兴则民族兴，科技强则国家强。新中国成立 75 年来，我国

★ 2024年6月25日14时7分，嫦娥六号返回器携带来自月背的月球样品安全着陆在内蒙古四子王旗预定区域，探月工程嫦娥六号任务取得圆满成功。（新华社记者贝赫摄）

始终高度重视科技创新在国家发展全局中的重要作用。

新中国成立时，科技基础近乎为零，专门的科学研究机构仅有30多个，几乎没有大型科研仪器设备。随着新中国吹响"向科学进军"的号角，我国攻克一个又一个科技难关，成为复兴之路上的重要支撑。

从"两弹一星"到核潜艇，从青蒿素到杂交水稻，从石油地质勘探取得突破到万吨巨轮下海，我国科技创新始终聚焦国家和人民需要，为国家安全、经济社会发展和人民生活提供有力保障。

党的十八大以来，我国不断健全新型举国体制，加快推进高水平科技自立自强，科技事业取得历史性成就、发生历史性变革，进入创新型国家行列。

——基础前沿研究不断取得新突破。

"中国天眼"、高海拔宇宙线观测站等"大国重器"接连取得世界级发现；二氧化碳人工合成淀粉实现"技术造物"；我国科学家在量子科技、生命科学、物质科学、空间科学等领域取得一批重大原创成果。

——战略高技术领域迎来新跨越。

"嫦娥"揽月，"天和"驻空，"天问"探火，"地壳一号"挺进地球深处，"奋斗者"号探秘万米深海，全球首座第四代核电站商运投产。

——国家创新体系建设提质加速。

我国逐渐形成以科技型企业、科研院所和高等学校为主体的协同创新体系。2023 年末，我国拥有的全球百强科技创新集群数量跃居世界首位，目前高新技术企业数量达 46.3 万家。

2023 年，我国全社会研究与试验发展经费支出规模稳居世界第二，与国内生产总值之比为 2.64%，超过欧盟国家平均水平；截至 2024 年 6 月，我国国内发明专利有效量达 442.5 万件，每万人口高价值发明专利拥有量达 12.9 件。

世界知识产权组织发布的全球创新指数显示，我国创新能力综合排名从 2012 年的第 34 位跃升至 2023 年的第 12 位，是前 30 位中唯一的中等收入经济体。

创新驱动引领高质量发展取得新成效

323.6 米长、24 层楼高，可容纳乘客 5246 人，国产首艘大型邮轮"爱达·魔都号"宛如一座"海上城市"。自 2024 年 1 月 1 日首航以来，"爱达·魔都号"已运营 60 余个航次，服务近 25 万国内外游客。

因产业链长、带动性强，邮轮制造对经济发展的拉动比例可达 1:14。通过多年科研攻关，我国打破国外技术垄断，成功建造"爱达·魔都号"，助推船舶工业高端化发展的同时，也有力拉动了相关产业发展。

科技与产业融合会产生经济发展的强大动力。75 年来，我国从"一穷二白"的农业国，到建立起独立的、比较完整的工业体系，再到成为世界第一大工业国，产业结构持续升级，每一步都离不开科技创新的支撑。

习近平总书记强调："中国式现代化要靠科技现代化作支撑，实现高质量发展要靠科技创新培育新动能。"党的十八大以来，我国深入推动实施创新驱动发展战略，创新驱动引领高质量发展不断取得新成效。

——科技创新打造高质量发展新引擎。

集成电路、人工智能等新兴产业蓬勃发展，北斗导航提供全球精准服务，国产大飞机实现商飞，新能源汽车为全球汽车产业增添新动力。2013 年至 2023 年，我国规模以上装备制造业、高技术制造业增加值年均分别增长 8.7%、10.3%，战略性新兴产业发展壮大，成为引领高质量发展的重要引擎。

——关键核心技术攻关铸就"大国工程"。

复兴号高速列车的研制，有力推动我国轨道装备产业体系现代化；"东数西算"工程加速推进，越来越多西部城市迎来数字经济发展新机遇；粤港澳大湾区超级工程深中通道助力珠江口东西两岸的深圳市和中山市进入"半小时生活圈"……通过关键核心技术攻关，我国铸就了一批"大国工程"，推动经济社会高质量发展。

——创新成果竞相涌现成就美好生活。

高清电视、智能空调、扫地机器人等成为家居用品的主角；农业育种持续攻关，让百姓餐桌更加丰盛；新药研发取得重要进展，多项高端医疗装备加速国产化，助力守护人民健康；节能环保技术加速突破，为大家守护碧水蓝天。

以深化改革激发创新活力

10909 米！这是"奋斗者"号创造的我国载人深潜纪录。极端恶劣的深海环境对潜水器抗压能力、操控性能、通信系统的考验，无一不是世界级的科技难题。

面对挑战，我国组织近百家科研院所、高校、企业的近千名科研人员开展协同攻关，突破了一系列关键核心技术，"奋斗者"号部件的国产化率超过了96.5%，生动诠释了新型举国体制的巨大优势。

党的十八大以来，我国系统部署、强力推进科技体制改革，发挥新型举国体制优势是其中的重要内容。

聚焦"四个面向"，我国加强科技创新全链条部署、全领域布局，全面增强科技实力和创新能力，在量子技术、人工智能、生物医药、新能源等新赛道和战略必争领域加速布局。

创新之道，唯在得人。我国通过科技体制改革，不断壮大科技人才队伍，充分释放创新活力。

新中国成立时，全国科技人员不超过 5 万人，专门从事科研工作的人员仅 600 余人。如今，我国科技人才队伍量质齐增，研发人员全时当量连续多年居世界首位，形成了全球最完整的学科体系和最大规模的人才体系。

通过松绑减负，让科研人员心无旁骛投身科研；通过"揭榜挂帅""赛马制"等，让优秀人才脱颖而出；聚焦加强研发投入、加快青年人才培养、加大初创企业扶持等内容，出台一系列改革举措，科研人员创新创业活力进一步被激发。

关于进一步深化科技体制改革，党的二十届三中全会作出了全面部署。未来，我国将在优化重大科技创新组织机制、统筹强化关键核心技术攻关、加强国家战略科技力量建设、改进科技计划管理、加强有组织的基础研究等方面持续深化改革。

2035 年建成科技强国！蓝图绘就，目标在前。在以习近平同志为核心的党中央坚强领导下，我国科技创新事业必将再攀高峰，加快实现高水平科技自立自强，为实现中华民族伟大复兴的中国梦提供强有力的科技支撑。（记者张泉、温竞华）

延伸阅读

"中国天眼"：极目星空 竞逐未来

天高地迥，觉宇宙之无穷。浩瀚星空，广袤苍穹，自古以来便寄托着人类的科学憧憬。2024 年 9 月 25 日，"中国天眼"落成启用 8 周年。8 年来，"中国天眼"发扬开拓进取、勇攀高峰的精神，秉持团结奋进、协同攻关的作风，创新不断，成果频出，不断拓展着人类观天极限，持续为人类极目宇宙贡献中国智慧、提供中国方案。

自古以来便寄托着人类的科学憧憬

目前，"中国天眼"发现的近百颗暗弱的偶发脉冲星与正常脉冲星相比，辐射流量密度要低一个量级，最低的已经达到了亚微央量级。因为每一颗脉冲星都有其特殊脉冲及稳定的转动频率，它们相当于宇宙中具有特有信号标记的"灯塔"。因此它们可以一起构建人类星际旅行的"宇宙坐标系"。

发现迄今轨道周期最短脉冲星双星系统

发现脉冲星总数的3倍以上

（记者欧东衢、杨焱彬、刘勤乐、杨志刚）

打造新动能　释放新活力

——新中国成立 75 周年服务业发展成就综述

"服贸会已成功举办十届，是中国服务业和服务贸易高质量发展的生动写照，为构建开放型世界经济作出了积极贡献。"2024 年 9 月 12 日，国家主席习近平向 2024 年中国国际服务贸易交易会致贺信，向世界传递中国以服务业高质量发展助力世界繁荣发展的积极信号。

以习近平同志为核心的党中央高度重视服务业发展，推出一系列改革举措，推动服务业发展壮大。服务业逐步成长为国民经济第一大产业，迸发新动能，释放新活力，成为中国经济稳定增长的重要力量。

规模日益壮大　擎稳国民经济"半边天"

中秋节、国庆节假期临近，餐饮住宿、灯会演出、文旅研学迎来旺季；巴黎奥运会余温未散，全民体育消费持续升温……当前，我国正处于服务消费较快增长阶段。

"把旅游等服务业打造成区域支柱产业""服务贸易是国际

贸易的重要组成部分，服务业是国际经贸合作的重要领域"……习近平总书记着眼经济发展大势，为服务业发展指明方向。

党中央、国务院制定出台一系列政策措施，推动服务业步入高质量发展新阶段。2023 年，服务业增加值增长到 688238 亿元，2013 年至 2023 年年均实际增长 6.9%，增速高出同期国内生产总值（GDP）年均增速 0.8 个百分点。这一时期，服务业增加值占 GDP 的比重进一步提升，2015 年首次超过 50%，2023 年达到 54.6%，已连续 9 年占据国民经济半壁江山。

从新中国成立之初，我国大力发展工农业，服务业处于辅助地位；到改革开放后，服务业发生翻天覆地变化，全面快速发展；再到党的十八大以来，服务业新产业新业态新模式大量涌现，步入提质增效新阶段……新中国成立 75 年以来，服务业作为经济社会发展的主引擎地位和作用更加坚实稳固。

28.4%、45.0%、49.9%、60.2%，分别是 1978 年、2012 年、2014 年、2023 年服务业对当年 GDP 的贡献率。

节节攀升的数字，彰显服务业作为推动增长的"主动力"日益增强——

改革开放前，我国服务业发展对经济增长的贡献率较低；改革开放后，随着工业化和城镇化的加速推进，社会对服务业需求日益增长，服务业对经济增长的贡献率不断提升。近年来，服务业对 GDP 贡献率呈现加速上升态势，成为经济社会发展的主引擎。

带货主播、外卖小哥、网约车司机、数据分析师……近年来，伴随服务业兴起的新职业已融入老百姓日常生活。

层出不穷的新业态，推动服务业成为吸纳就业"主渠道"作用凸显——

改革开放前，农业和工业是吸纳就业的主体，1978 年末服务业就业人员占全国就业人员的比重仅 12.2%；改革开放后，服务业就业人员 1994 年超过第二产业，2011 年超过第一产业。党的十八大以来，服务业成为吸纳就业的主力，2013 年至 2023 年，服务业年均新增就业人员 741 万人，2023 年末，服务业就业人员占全国就业人员的比重为 48.1%。

结构持续优化　奏响向质而行"新乐章"

电商平台、数字金融让消费者足不出户"买全球"，共享单车、共享汽车等共享交通模式让出行便捷又绿色……如今，电子商务、金融科技、共享经济等现代服务业蓬勃发展，深刻改变人们的生产生活方式，也折射出服务业结构优化升级、质量持续提升之变。

从行业看，传统服务业比重大幅下降，新兴服务业稳步增长。

回顾新中国成立之初的 1952 年，批发和零售业的增加值，交通运输、仓储和邮政业的增加值占服务业增加值的比重合计超过 50%，服务业发展相对集中，2023 年，两者占服务业的比重分别降至 17.9% 和 8.4%。

党的十八大以来，新发展理念深入人心，创新驱动发展战略深入实施，新兴服务业迎来黄金发展期。2019 年至 2023 年，规模以上高技术服务业、科技服务业、服务业战略性新兴产业企业营业收入年均分别增长 12.9%、12.3% 和 12.0%。

从区域看，服务业区域发展更加协调，协同发展态势愈加明显。

2023 年，全国 31 个省（自治区、直辖市）中有 4 个地区服务业增加值占地区生产总值比重超过 60.0%，北京、上海等超大城市现代服务业大量集聚，服务业增加值占地区生产总值的比重分别达到 84.8% 和 75.2%；全国有 24 个地区服务业增加值占比在 45% 至 60% 之间，比 2012 年增加了 14 个地区。

从开放看，服务业成为吸引外资重要领域，中国服务加快走向世界。

不久前，我国明确在医疗领域开展扩大开放试点工作，拟允许在北京、天津、上海、南京、苏州、福州、广州、深圳和海南全岛设立外商独资医院，受到外界广泛关注。

我国加入世界贸易组织后，银行业、保险业、交通运输业等服务业 9 大领域、100 多个分部门的外资准入限制陆续放开；2001 年至 2023 年，我国服务贸易进出口总额从 784 亿美元增长到 9331 亿美元，贸易规模在世界各经济体中的排名从第 12 位跃升至世界前列。

创新动能增强　激活经济增长"新引擎"

家庭农户与服务业企业联合，实现"小生产"与"大市场"有效对接；金融、保险等现代服务业发展，大大降低工业企业融资成本；工业企业与零售企业、网络公司合作，凭借大数据资源精准对接市场需求……

如今，服务业通过大数据、云计算、物联网等新一代信息技术，在助推产业转型升级、增进民生福祉方面发挥着越来越重要的作用。

新时代以来，我国大力发展生产性服务业，服务业对制造业转型升级的支撑作用不断增强，现代服务业和先进制造业融合发展初显成效。2023 年，我国规模以上生产性服务业企业实现营业收入 119 万亿元，2020 年至 2023 年年均增长 12.1%。

与此同时，我国实施"互联网+"行动，推动互联网与制造业深度融合，加快新旧发展动能和生产体系转换。2023 年末，我国具备一定影响力的工业互联网平台数量超过 340 个，覆盖了全部工业大类，工业互联网核心产业规模达 1.35 万亿元。

数字经济核心产业快速发展，为发展新质生产力注入强劲动力。2023 年数字经济核心产业的发明专利授权量达到 40.6 万件，占同期全社会发明专利授权总量的四成半，近 5 年年均增速达到 21.0%。

随着我国新型城镇化建设逐步加快，居民收入稳步提高，人们逐步从买商品向买体验、物质需求向精神追求转变，带动旅游、文化、体育、健康、养老、教育等生活性服务业加速发展。

文化产业繁荣发展。2022 年文化及相关产业增加值 53782 亿元，比 2012 年增长 197.6%，占 GDP 的比重从 3.4% 提高到 4.5%；2023 年末，全国公共图书馆 3246 个、文化馆（站）和群众艺术馆 43752 个，分别是 1949 年的 59 倍和 49 倍。

体育产业加速奔跑。2022 年，全国体育产业增加值 13092 亿元，比 2015 年增长 138.3%；2023 年末，全国体育场地 459 万个，人均体育场地面积达到 2.9 平方米，全民健身步道长度 37 万公里。

旅游及相关产业活力涌动。2022 年，旅游及相关产业增加值 44672 亿元，比 2014 年增长 62.3%；2023 年国内出游人次 48.9 亿，是全球最大的国内旅游市场。

展望未来，在以习近平同志为核心的党中央坚强领导下，我国服务业各领域改革全面深化，服务开放纵深推进，服务创新持续提升，高质量发展的中国服务必将为中国式现代化建设提供有力支撑，为世界经济持续健康发展作出更多贡献。（记者谢希瑶、潘洁、唐诗凝）

延伸阅读

中国服务业开放给外资企业带来巨大机遇

植入式心脏电子装置监测器、零金属人工心脏瓣膜……在服贸会北京国家会议中心展会现场，全球医疗科技企业美敦力 2024 年携 60 余款创新展品和解决方案而来。

"我们始终看好中国市场，服贸会为跨国企业提供了交流合作的宝贵机会，期待发挥好自身优势，参与中国医疗行业高质量发展。"美敦力全球高级副总裁顾宇韶对记者说。

自 2012 年创办以来，服贸会已累计吸引 197 个国家和地区的90 余万家展客商参展参会。本届服贸会上，80 多个国家和国际组织以政府或总部名义设展办会，13 个国家和国际组织首次独立线下设展，西门子、谷歌、亚马逊、GE 医疗等世界 500 强及行业龙头企业带着体现先进技术和市场影响力的产品纷纷亮相。

连续第五年参展的 GE 医疗此次带来包括北京、天津等生产基地下线的智慧型移动 X 光机"探索者"、全新一代复合手术室机器人等尖端"硬货"。GE 医疗中国副总裁徐俊说，服贸会是展示全球医疗服务高质量发展的重要窗口，未来公司将深化全球资源与中国智慧创新融合，不断激发新质生产力在高端医疗器械制造领域的活力。

当今世界贸易格局，不确定性与机遇并存。全球化深入发展、贸易保护主义抬头、新兴经济体崛起，均在重塑国际经贸的形态和规则。安永大中华区业务主管合伙人毕舜杰认为，新质生产力正以前所未有的力量推动全球经济的变革与发展，服贸会作为联通中国与世界的重要桥梁，不断促进各国分享经验、共克时艰，并强化各行业新兴领域合作，实现优势互补。

服贸会不仅是集展示、交流、合作、创新于一体的综合性展会，更是推动中国品牌和海外品牌"走出去""引进来"的平台。亚马逊全球开店平台相关负责人告诉记者，过去 3 年，在亚马逊上同时布局 C 端和 B 端业务的中国卖家数量增长近两倍。在供应链、政策和人才等优势叠加下，出口跨境电商高质量发展，越来越多来自中国的"全球品牌"出现在世界舞台。

与此同时，很多中国地方政府也纷纷借助服贸会平台，发出开

★ 2024 年 9 月 13 日，在服贸会国家会议中心综合展区的一款具有眼动追踪功能的隐形眼镜。
（新华社记者鞠焕宗摄）

放合作"邀请函",持续吸引外资共享中国发展机遇。在本届服贸会上,作为北京唯一国家级经济技术开发区,北京经济技术开发区依托主题推介、外资企业表彰、国际化产业园区授牌、亦庄综保区入驻企业签约等多个环节,释放招商引资"强磁场",进一步扩大开放合作国际朋友圈。

"北京经开区正处于大有可为的机遇期,我们诚挚欢迎中外企业家朋友来亦庄投资兴业,我们将始终坚持开放包容,营造市场化、法治化、便利化、国际化的营商环境,为企业发展提供全面保障。"推介会上,北京经济技术开发区管委会主任孔磊发出邀约。

服务业持续扩大开放,充分彰显中国坚定实施对外开放基本国策、始终支持经济全球化的决心和信心。从顶层设计到政策落地,

★ 2024 年 9 月 13 日,在服贸会国家会议中心综合展区的一款具有眼动追踪功能的隐形眼镜。
（新华社记者鞠焕宗摄）

一系列制度红利加快释放：中共二十届三中全会审议通过的《中共中央关于进一步全面深化改革、推进中国式现代化的决定》明确提出"创新提升服务贸易"；国务院办公厅正式发布《关于以高水平开放推动服务贸易高质量发展的意见》；商务部发布实施全国版和自贸试验区版跨境服务贸易负面清单……

近年来，国务院批复同意在沈阳、南京、杭州、武汉、广州、成都等 6 个城市，开展服务业扩大开放综合试点，如今全国试点城市已增至 11 个。国家服务业扩大开放综合试点示范在科技、电信、文旅、金融等 13 个行业领域，已累计推出试点举措 1300 余项，向全国复制推广 9 批 180 多项创新成果。

"服务贸易的发展未来会有更大潜力。"对外经贸大学国际经济研究院执行院长庄芮说，在当前全球经济处于恢复增长的阶段，中国服务业持续扩大开放的举措和服贸会的举办，给外资企业带来巨大机遇，将助力更多中外资企业在现代服务业领域达成更多合作，促进国际贸易增长，提振全球经济发展信心。（记者郭宇靖、吉宁、李宝杰）

让公平正义可感可触可见

——新中国成立 75 周年法治进步成就综述

新中国成立 75 年来，中国人民在中国共产党领导下，探索出一条符合国情、适应时代的中国特色社会主义法治道路。新时代新征程，在习近平法治思想引领下，社会主义法治国家建设深入推进，全面依法治国总体格局基本形成，中国特色社会主义法治体系加快建设，司法体制改革取得重大进展，社会公平正义保障更为坚实。

推动中国之治迈入新境界

浙江杭州，"五四宪法"历史资料陈列馆。一件《中华人民共和国宪法草案（初稿）》的展品前，不少游人静静驻足观看。

1954 年 6 月 14 日宪法草案正式公布后，共有 1.5 亿余人参与讨论，提出 118 万多条修改、补充意见；1954 年 9 月 20 日，第一届全国人民代表大会第一次会议全票通过了《中华人民共和国宪法》。"五四宪法"的诞生，见证了新中国法治建设迈出关键一步。

道路决定命运，旗帜锚定方向。

从新中国成立初期，我们党积极运用新民主主义革命时期根据地法制建设的成功经验，抓紧建设社会主义法治；到党的十五大确立依法治国基本方略；再到党的十七大提出全面落实依法治国基本方略、加快建设社会主义法治国家……回望峥嵘历程，一条探索和开辟中国特色社会主义法治道路的主线清晰可见。

新时代的中国，跃上新的起点，也直面新的挑战。

党的十八大以来，以习近平同志为核心的党中央从坚持和发展中国特色社会主义的全局和战略高度定位法治、布局法治、厉行法治，把全面依法治国纳入"四个全面"战略布局，放在党和国家事业发展全局中来谋划、来推进，作出一系列重大决策，提出一系列重要举措。

首次提出全面推进依法治国的总目标；首次阐明中国特色社会主义法治体系的科学内涵；首次明确全面依法治国的基本框架和总体布局……习近平总书记创造性提出了关于全面依法治国的一系列新理念新思想新战略，形成了习近平法治思想，为建设法治中国指明了前进方向、提供了根本遵循。

组建中央全面依法治国委员会，党对全面依法治国的领导更加坚强有力；出台法治中国建设"一规划两纲要"，勾勒出法治国家、法治政府、法治社会一体建设的"施工表""路线图"；以宪法为核心的中国特色社会主义法律体系更加完善，法治建设从法律体系向囊括立法、执法、司法、守法各环节的法治体系全面提升……

在习近平法治思想科学指引下，我国社会主义法治建设发生历史性变革、取得历史性成就，推动中国之治迈入新境界。

充分发挥固根本、稳预期、利长远的保障作用

北京航空食品有限公司的"外资审字（1980）第一号"文件，被视为我国首家中外合资企业的"出生证明"。

1979 年，五届全国人大二次会议表决通过中外合资经营企业法，一大批中外合资企业由此走上历史舞台；40 年后，十三届全国人大二次会议表决通过外商投资法，成为新时代我国外商投资领域新的基础性法律，推动更高水平对外开放。

通过宪法修正案，制定民法典、网络安全法、粮食安全保障法……截至目前，我国现行有效的法律超过 300 件，重点领域、新兴领域、涉外领域立法不断加强，以法治之力维护市场秩序、稳定社会预期。

法治是最好的营商环境，具有固根本、稳预期、利长远的保障作用。改革开放以来，法治始终为经济社会发展保驾护航，推动着国家治理体系和治理能力现代化。

由 3 个行政区组建的天津滨海新区曾经部门林立、公章繁多。2014 年，滨海新区依法组建全国首家行政审批局，将原本分散在 18 个单位的 216 项审批职责归至一个部门，率先实现"一枚印章管审批"。

"以前施工项目遇到临时占用林地和采伐林木的问题，要和林地所属、管理等单位反复沟通；现在只花费一周多时间就解决了问题，项目进展比预期大大提前。"天津市滨海新区城投建设发展有限公司项目负责人张荣鑫感慨道。

经济社会发展到哪里，法治保障就跟进到哪里。

以中共中央名义出台完善产权保护制度、依法保护产权的顶层设计，人民法院加大甄别纠正涉产权案件力度，检察机关规范办理涉民营企业案件执法司法标准……让恒产者有恒心；

公布省市县三级政府部门权力和责任清单，落实重大行政决策程序，开展法治政府建设实地督察……用法治的缰绳驾驭权力的奔马；

对现行有效行政法规进行集中清理，推行证明事项告知承诺制，取消调整与企业和群众生产生活关系密切的部分罚款事项，部署开展提升行政执法质量三年行动计划……着力激发创业干事的市场活力。

法治政府建设深入推进，政府职能边界日益清晰、权力配置更趋合理、治理水平不断提升，为经济社会注入新活力，不断释放法治建设新红利。

让公平正义的阳光照进人民心中

理国要道，在于公平正直。

1979 年，中国第一部刑法、刑事诉讼法诞生，刑事审判从此有法可依；1996 年，刑事诉讼法首次作出修改，"疑罪从无"的刑事司法原则在法律上得到落实；2013 年，延续半个多世纪的劳教制度正式废除；2014 年，党的十八届四中全会提出推进以审判为中心的诉讼制度改革等一系列刑事司法改革……法治人权保障的进步足迹清晰可见。

2024 年最高法工作报告显示，2023 年人民法院对 465 名公诉案件被告人和 339 名自诉案件被告人依法宣告无罪，同比分别增长 31.4%、22.4%；再审改判无罪 87 件 122 人，同比增加 21 件 42 人。

从推行员额制改革，让司法力量集中到办案一线；到推动司法责任制改革，"让审理者裁判、由裁判者负责"；从出台规定防止领导干部干预司法"批条子""打招呼"，到确立刑事诉讼认罪认罚从宽制度……维护社会公平正义的根基不断夯实。

政法领域改革的深度和广度远超以往，影响深远——

曾经"门难进、案难立"变成"有案必立、有诉必理"；修改行政诉讼法，破解"告官不见官"等难题；深入开展政法队伍教育整顿，清除队伍积弊沉疴……党的十八大以来，司法执法机关立行立改，让公平正义更加可触可感；

部署开展为期三年的扫黑除恶专项斗争，打掉涉黑组织数量是前 10 年总和的 1.3 倍；严打群众深恶痛绝的各类犯罪，2023 年全国盗抢骗案件立案数较 2019 年下降 31.4%……更加平安的中国，让人民更加安居乐业；

公安机关推出一系列户籍、交管、出入境便民利企改革措施，给群众办事"减负"；便捷高效、均等普惠的公共法律服务平台覆盖城乡，打通法律服务"最后一公里"；攻坚"老赖"切实解决执行难，检察公益诉讼剑指生态环境等民生关切……聚焦百姓急难愁盼，群众更有法治获得感。

一个繁荣富强的法治中国，必然是人人尊法守法的法治社会。

曾经不信"法"信"访"，如今遇事先找"法"；曾经律师难找、公证难做，如今在家门口就能获得法律帮助；邻里矛盾不用上交，活跃在乡村社区的调解员把纠纷化解在诉前……每个人都是法治中国的亲历者、推动者和受益者，法治成为全体人民的信仰。

全面依法治国，是一场深刻而重大的社会变革，为社会繁荣发展、国家长治久安夯基垒台。新时代新征程上，法治伟力正在不断汇聚，为以中国式现代化全面推进强国建设、民族复兴伟业提供有力保障。

（记者白阳）

延伸阅读

北京聚合法治力量多元化解群众纠纷事

三兄妹因父母遗留房产归属问题结怨成仇，相互举报对方私搭违建，扬言不妥善解决就要闹出人命……危急时刻，民警魏涛启动"圆桌调解"，多个单位部门面对面把政策法律"掰开揉碎"，最终兄妹们各自拆违、劝退租客，持续了20多年的家庭矛盾画上句号。

将法治思维融入矛盾调解，以协同发力定分止争是多元化解群众纠纷事，解开烦心结的"金钥匙"。2024年9月，记者在北京走访发现，多家政法单位形成各具特色的新时代"枫桥经验"，并不断推动基层治理由共治向善治转变。

魏涛是丰台公安分局西罗园派出所花椒树社区民警兼党委副书记。他所使用的"圆桌调解"工作法由民警杨秀奇首创，至今已有24年。从最初的"1+3"（民警和社区居委会干部、矛盾方、居民代表）到"1+3+N"，更多社会主体充实到矛盾调解工作中。"在调解兄妹间纠纷中，因涉及违建问题，'圆桌调解'将城管部门纳入，相关的政策解释更加精准高效。"魏涛说。

在北京这样一所超大型城市，不同群体诉求多样、多变，纠纷调处不仅需要情的抚慰、理的引导，更需要法的保障。

朝阳公安分局金盏派出所所辖区域是朝阳区金盏乡，日均警情数十件，家庭矛盾、邻里纠纷等各类矛盾纠纷警情最为突出。去年以来，派出所与朝阳区人民法院温榆河法庭立足资源优势、辖区特点共同打造"警法携手、联动解纷"工作机制，目前升级至"2.0"版本——依托线上"云调解"，民警与法官同步在线高效解纷。

2024年7月，刘某某与房东杨某某因房屋租赁发生纠纷。刘某某报案称房租合同到期，房东不退押金；房东则表示刘某某租住期间破坏了灶具和柜子。对于双方各执一词的情况，掌握合同内容和房间现场真实情况是调解纠纷的基础。

启动"警法携手"机制后，民警将现场房屋损坏情况出示给法官查看，法官站在庭审角度详细听取了双方诉求，查看租赁合同，告知相关行为应承担的法律责任，并就押金退赔问题进行释法说理。当日，房东杨某某退回金某某租房押金，双方达成谅解。

"'警法联调'让许多派出所调处的'老大难'问题顺利化解。"金盏派出所所长张燕生说，特别是涉及赔偿问题的矛盾纠纷警情，法官前置参与调解后，可通过出具司法确认裁定书赋予强制执行效力，避免有的当事人签订调解书后又反悔不予赔偿。

群众的矛盾纠纷如果得不到最终化解，最终就会闹到打官司。因此，在推动诉源治理中，加强源头预防和前端化解尤为重要。在北京市东城区，有不少法官带着国徽走街串巷，到群众家里、街区工作站巡回审判和指导调解，被群众亲切地称为"背包法官"。

"楼上业主一直在投诉钢琴声扰民，楼下业主坚持已经增加了隔音垫，音量也降到最低。反复做了多次调解，还是僵持不下，这样的情况到底是不是侵权，该往哪个方向调解呢？"2024年6月，东城区人民法院接到了安定门街道分司厅社区打来的求助电话。

冯晓光法官结束当日的开庭后，带着"背包法官"党员先锋队的两名成员来到了社区，送来《关于"噪音扰民"相关纠纷裁判规则与典型案例集》，结合案例提出专业解纷意见，解决了社区干部和调解员的燃眉之急。

近年来，东城法院建立"和立方"非诉解纷首都基层治理共建共治共享新模式，实现了诉调对接工作站在辖区街区的全覆盖。在做好"当下调"的同时，东城法院对于解纷中发现的类型化突出问题，向主管部门及行业组织发送司法建议，以建议推动规则，规则带动治理。

据统计，在北京政法系统与各部门联动协同下，北京先后设立 3 个市级、24 个区级、334 个街乡级和 5073 个社区村级"一站式"矛盾纠纷化解平台。（记者鲁畅、吴文诩）

保证人民当家作主 激发人民创造活力

——新中国成立 75 周年坚持和完善人民代表大会制度综述

人民代表大会制度，是我们党领导人民在人类政治制度史上的伟大创造。新中国成立以来，人民代表大会制度落地生根，不断得到巩固和发展，展现出蓬勃生机活力。

党的十八大以来，在以习近平同志为核心的党中央坚强领导下，人民代表大会制度不断发展完善，更加成熟定型，为中国式现代化提供更加坚实的根本政治制度保障。

坚持好、完善好、运行好人民代表大会制度

"今天，我目睹了民主的运行。"

2024 年 8 月底，山西省太原市杏花岭街道人大代表联络站迎来了数十个发展中国家的议会领导人和代表。旁听一场立法意见建议征询会后，一位议长十分感慨。

人民代表大会制度，是坚持党的领导、人民当家作主、依法治国有机统一的根本制度安排。

1954 年 9 月 15 日，一届全国人大一次会议在北京中南海怀仁

堂召开。会议通过了新中国第一部宪法，标志着人民代表大会制度这一国家根本政治制度正式建立。

人民代表大会制度坚持国家一切权力属于人民，最大限度保障人民当家作主，保证人民依照法律规定，通过各种途径和形式，管理国家事务，管理经济和文化事业，管理社会事务。75 年来，这一制度不断发展完善。

代表选举与时俱进。选举全国人大代表时，农村和城市每位代表所代表的人口比例从新中国成立初期的 8∶1，变为如今的 1∶1；

把党的主张和人民意愿通过法定程序转化为国家意志，中国特色社会主义法律体系日臻完善；

改革开放以来，每年全国人代会上，来自全国各地、各行各业的全国人大代表共商国家发展大计；

……

以习近平同志为核心的党中央高度重视、全面加强对人大工作的领导，推动人民代表大会制度理论和实践创新取得重大成果。

2021 年 10 月，党的历史上、人民代表大会制度历史上首次中央人大工作会议在京召开。习近平总书记在会议上发表重要讲话，明确提出新时代加强和改进人大工作的指导思想、重大原则和主要工作。

近年来，党中央印发《关于新时代坚持和完善人民代表大会制度、加强和改进人大工作的意见》，转发《中共全国人大常委会党组关于加强县乡人大工作和建设的若干意见》……一系列重要举措和部署，推动人民代表大会制度建设和新时代人大工作取得历史性成就。

加强党对人大工作的全面领导，把党的领导贯穿人大工作全过程、各方面；保证宪法全面实施的制度体系不断健全，合宪性审查、备案审查能力和质量不断提高；实行正确监督、有效监督、依法监督，高质量做好人大监督工作⋯⋯

2024 年 7 月，党的二十届三中全会审议通过的《中共中央关于进一步全面深化改革、推进中国式现代化的决定》，对"坚持好、完善好、运行好人民代表大会制度"作出重要部署。

新的奋斗征程上，人民代表大会制度的根本政治制度作用得到更好发挥，人大工作不断取得新进展新成效，更好把制度优势转化为治理效能。

发展更加广泛、更加充分、更加健全的全过程人民民主

从全国人大代表提出建议到相关部委作出回复，需要多长时间？

"没想到 3 天就收到部委回复，而且质量高。"2024 年全国人代会上，小学教师李瑞芳代表在审查预算报告时提出的建议，很快被写入报告中。

人民代表大会制度是实现我国全过程人民民主的重要制度载体。

选举人大代表，是人民当家作主的重要体现。1953 年新中国第一次普选，登记选民总数 3.23 亿多人，选出基层人大代表 566 万余名，在此基础上选举产生 1200 多名全国人大代表。

改革开放以来，我国已进行 12 次乡级人大代表直接选举、11 次县级人大代表直接选举，选民参选率均保持在 90% 左右。

2022 年完成的最新一轮全国县乡两级人大换届选举中，10 亿多选民一人一票，以直接选举方式产生了 262 万多名县乡两级人大代表。在十四届全国人大代表中，一线工人、农民代表占比达到 16.69%，更多来自基层的声音进入最高国家权力机关。

人民选我当代表，我当代表为人民。

党的十八大以来，全国人大常委会不断加强和改进代表工作，常委会同代表联系、代表同人民群众联系更加紧密。

全国人大常委会设立代表工作委员会，首次召开代表建议办理工作座谈会；增强代表培训的系统性、针对性、专业性，实现新任基层全国人大代表履职基础学习全覆盖……

来自人民、植根人民，人民代表大会制度充分调动人民群众的积极性、主动性、创造性，汇聚各方面智慧和力量共同推进中国式现代化。

2024 年夏天，一场关于突发事件应对法的立法征询在天津市和平区小白楼街道基层立法联系点进行。

"我们提出了在突发事件应急处置中保护公民个人信息的建议，没想到会被采纳。"74 岁的社区居民代表刘铃说。

从 1.5 亿人参加新中国首部宪法起草过程中的"大讨论"，到目前全国人大常委会法工委在全国各地设立 45 个基层立法联系点，带动省、市两级人大设立基层立法联系点 7300 多个……民主立法的生动实践，让法律与百姓期待同频，彰显全过程人民民主的优势和功效。

全国各地建成 20 余万个代表之家、代表联络站，基本实现乡镇、街道全覆盖；人大代表进社区、进网格、进直播间，听民声、聚民意……"民有所呼、我有所应"，让全过程人民民主更加可触可感。

不断推进国家治理体系和治理能力现代化

"通过！"

2024 年 6 月 28 日，全国人大常委会会议表决通过农村集体经济组织法。这部事关新型农村集体经济高质量发展的重要法律，对于巩固和完善农村基本经营制度和社会主义基本经济制度，推进乡村全面振兴意义重大。

人民代表大会制度是国家治理体系的重要组成部分，为党领导人民快速发展经济和保持社会长期稳定提供了重要制度保障。

1986 年制定的民法通则，结束了中国没有系统的民事立法的历史；1997 年对刑法进行全面修订，形成比较完备的刑法；2011 年，中国特色社会主义法律体系宣告形成……

进入新时代，立法工作节奏更快、质量更高，全国人大及其常委会紧紧围绕党和国家中心工作推动国家立法，更好发挥法治固根本、稳预期、利长远的保障作用。

从编纂实施民法典全方位保护公民民事权利，到推进生态环境法典编纂更好守护蓝天碧水净土；从修改行政诉讼法破解"民告官"难题，到制定爱国主义教育法弘扬民族精神；从制定监察法深化监察体制改革，到完善国家安全法律制度体系有效维护国家主权、安全、发展利益……统筹立改废释纂，重点领域、新兴领域、涉外领域立法进一步加强。

人大是立法机关，也是法律实施监督机关。

新征程上，全国人大及其常委会不断完善人大监督制度和工作机制，更好发挥人大监督在党和国家监督体系中的重要作用，寓支持于监督之中，确保行政权、监察权、审判权、检察权依法正确行使。

首次听取审议国务院关于政府债务管理情况的报告，首次听取审议全国人大常委会法工委备案审查工作报告，在黄河保护法施行一年后开展执法检查……

听取审议 15 个专项工作报告、5 个计划预算监督报告、5 个执法检查报告，结合其中 2 个报告开展专题询问……2024 年 5 月，全国人大常委会 2024 年度监督工作计划向社会公布，高质量做好人大监督工作的脚步更加坚实。

新时代，新征程，人民代表大会制度将继续阔步向前，推动"中国之治"迈入更高境界，为党和国家兴旺发达、长治久安提供更加完善的制度保障。（记者罗沙、任沁沁、齐琪）

 **延伸阅读**

为强国建设、民族复兴筑牢制度根基
——以习近平同志为核心的党中央坚持和完善人民代表大会制度纪实

人民代表大会制度是我国的根本政治制度。

70 年前，人民代表大会制度在初生的新中国生根发芽，成为我国政治发展史乃至世界政治发展史上具有重大意义的全新政治制度。

70 年来，人民代表大会制度日益发展完善，结出累累硕果。新时代新征程，以习近平同志为核心的党中央坚持中国特色社会主义政治发展道路，推动人民代表大会制度建设和新时代人大工作取得历史性成就，不断发展全过程人民民主，为以中国式现代化全面推进强国建设、民族复兴伟业提供更加坚实的根本政治制度保障。

制度强则国家强——"我们要毫不动摇坚持、与时俱进完善人民代表大会制度，加强和改进新时代人大工作"

"人民代表大会制度是符合中国国情和实际、体现社会主义国家性质、保证人民当家作主、保障实现中华民族伟大复兴的好制度。"

2014 年 9 月，习近平总书记出席庆祝全国人民代表大会成立 60 周年大会并发表重要讲话。

光阴荏苒，人民代表大会制度阔步向前。2024 年 7 月，党的二十届三中全会审议通过的《中共中央关于进一步全面深化改革、推进中国式现代化的决定》对"坚持好、完善好、运行好人民代表大会制度"作出重要部署。

一切向前走，都不能忘记走过的路。

这是彪炳史册的一天——

1954 年 9 月 15 日，中南海怀仁堂，千余名全国人大代表，带着 6 亿多中国人民的期盼步入会场，中华人民共和国第一届全国人民代表大会第一次会议隆重开幕。

会议通过了新中国第一部宪法。从此，人民代表大会制度这一根本政治制度在中国正式建立起来。

习近平总书记深刻指出，在中国实行人民代表大会制度，是中国人民在人类政治制度史上的伟大创造，是深刻总结近代以后中国政治生活惨痛教训得出的基本结论，是中国社会 100 多年激越变革、激荡发展的历史结果，是中国人民翻身作主、掌握自己命运的必然选择。

70 年奋斗征程，70 载波澜壮阔。人民代表大会制度与时俱进、历久弥新。

实现城乡按相同人口比例选举人大代表，改革开放以来进行 12 次乡级人大代表直接选举、11 次县级人大代表直接选举；

国家立法步履坚实，现行有效法律超过 300 件；

不断创新方式，依法加强对"一府一委两院"的监督；

……

"制度稳则国家稳，制度强则国家强。"党的十八大以来，以习近平同志为核心的党中央持续推进人民代表大会制度理论和实践创新。习近平总书记关于坚持和完善人民代表大会制度的重要思想引领人大工作取得历史性成就，人民代表大会制度更加成熟定型。

2021 年 10 月 13 日，习近平总书记出席中央人大工作会议并发表重要讲话。以"中央人大工作会议"为名的会议，在党的历史上、人民代表大会制度历史上都是第一次。

这次会议上，习近平总书记深刻回答新时代发展中国特色社会主义民主政治、坚持和完善人民代表大会制度的一系列重大理论和实践问题，系统阐述全过程人民民主的重大理念，明确提出新时代加强和改进人大工作的指导思想、重大原则和主要工作，标志着我们党对人民代表大会制度的规律性认识达到新的高度。

越是伟大的事业，越需要坚强的掌舵领航。

习近平总书记高度重视人民代表大会制度建设和人大工作，发表一系列重要论述，作出一系列重要指示，为人民代表大会制度的完善发展指明方向。

廓清思想认识，宣示坚定不移走中国特色社会主义政治发展道路，指出"坚持宪法确定的人民民主专政的国体和人民代表大会制度的政体不动摇，决不照抄照搬别国模式和做法"。

加强党对人大工作的全面领导，要求"各级党委要把人大工作摆在重要位置，完善党领导人大工作的制度"。

指导地方人大及其常委会工作，作出重要指示强调"结合地方实际，创造性地做好立法、监督等工作，更好助力经济社会发展和改革攻坚任务"。

......

从深入基层立法联系点与社区居民代表亲切交流，到亲手投下北京市区人大代表换届选举庄严一票，再到全国人代会上同代表们共商国是……习近平总书记既擘画蓝图又亲力亲为，以上率下尊崇法治、发扬民主，引领新时代人大工作高质量发展。

党中央印发《关于新时代坚持和完善人民代表大会制度、加强和改进人大工作的意见》，党的十九大、二十大报告提出明确要求……科学指引、深远谋划，推动人民代表大会制度建设和人大工作迈上新的高度。

2021 年上半年，全国县乡两级人大换届选举陆续展开。

西南山区腹地，四川雅安天全县新华乡，工作人员带着流动票箱"上门服务"，方便年事已高、行动不便的选民投票。

"解放前，哪有我们穷人说话的份儿。共产党让我们百姓真正当家成了主人。"已经参加过十多次人大换届选举投票的百岁老人李朝兰投票后感慨万分。

选举人大代表，是人民代表大会制度的基础。习近平总书记明确指出，要加强选举全过程监督，坚决查处选举中的不正之风，确保选举工作风清气正，确保选举结果人民满意。

这次全国县乡两级人大换届选举，10 亿多选民一人一票，以直接选举方式产生了 262 万多名县乡两级人大代表。目前我国五级人大代表中，县乡两级人大代表占代表总数的 90% 以上。

立治有体，施治有序。

2021 年 3 月，十三届全国人大四次会议审议通过决定，全国人大组织法施行 30 多年后完成首次修改。

党中央高度重视这部法律的修改，习近平总书记主持召开中央政治局常委会会议，听取相关汇报。习近平总书记作出的重要指示为做好修法工作、人大工作提供了重要指导和根本遵循。

修改全国人大组织法、全国人大议事规则、全国人大常委会议事规则等基础性法律，是新时代人民代表大会制度不断发展完善的重要标志。

把党的领导贯穿人大工作全过程、各方面；人大会议时间、程序和内容不断优化；合宪性审查和备案审查工作不断加强；基层人大工作有效破解"运行难""履职难""活动难"……

人民代表大会制度整体功效充分彰显，在实践中显示强大生命力和巨大优越性，确保人民依法通过各种途径和形式管理国家事务，管理经济和文化事业，管理社会事务。

"在新的奋斗征程上，必须充分发挥人民代表大会制度的根本政治制度作用，继续通过人民代表大会制度牢牢把国家和民族前途命运掌握在人民手中。"

在习近平总书记指引下，毫不动摇坚持、与时俱进完善人民代表大会制度，道路越走越宽广。

助推"中国之治"迈入新境界——"人民代表大会制度为党领导人民创造经济快速发展奇迹和社会长期稳定奇迹提供了重要制度保障"

2021年3月，十三届全国人大四次会议审查"十四五"规划和2035年远景目标纲要草案。

习近平总书记要求，在"十四五"规划纲要草案提交十三届全国人大四次会议审查和全国政协十三届四次会议讨论的过程中，要充分发扬民主、集思广益，切实把规划纲要制定好，为更好实施规划纲要奠定坚实基础。

2021 年 3 月 11 日，大会表决通过关于"十四五"规划和 2035 年远景目标纲要的决议。这份规划纲要擘画中国发展的宏伟蓝图，成为全国各族人民齐心协力全面建设社会主义现代化国家的行动纲领。

把党的主张和人民的意志通过法定程序转化为国家意志，决定重大事项、保障国家发展……人民代表大会肩负重任、使命光荣，"中国之治"迈入新境界。

适应时代发展、推动国家治理，筑牢长治久安制度基础——

国徽高悬，宪法庄严。

2023 年 3 月 10 日，人民大会堂大礼堂。全票当选国家主席、中央军委主席，习近平左手抚按宪法，右手举拳，面向近 3000 名全国人大代表庄严宣誓。这样庄严神圣的场景，深深印刻在亿万人民心头。

宪法，治国安邦的总章程，国家政治和社会生活的最高法律规范。我国宪法与人民代表大会制度一道跨越 70 载，有力推动和保障党和国家事业发展。

斗转星移，沧桑变幻。"五四宪法"的制定，为我国社会主义制度的建立和发展奠定法律基石。现行"八二宪法"与其实现"精神对接"，不断与时俱进，已历经全国人民代表大会五次审议修改。

将习近平新时代中国特色社会主义思想写入宪法，充实坚持和加强中国共产党全面领导的内容，调整充实中国特色社会主义事业总体布局和第二个百年奋斗目标的内容……把党和人民在实践中取得的重大理论创新、实践创新、制度创新成果通过国家根本法确认下来，使之成为全国各族人民的共同遵循。

制定监察法、英雄烈士保护法、国歌法，修改国旗法等宪法相关法；落实宪法规定的授勋、特赦等制度；设立全国人大宪法和法律委员会；以立法形式设立国家宪法日；制定香港国安法，确保"一国两制"行稳致远……

党的十八大以来，全国人大及其常委会不断健全保证宪法全面实施的制度体系，夯实长治久安的宪法根基。

党的二十届三中全会《决定》明确提出，"法治是中国式现代化的重要保障"。人民代表大会制度以法治之力护航改革向纵深推进，有力支撑国家治理体系和治理能力现代化。

采取"打包"修法、作出决定等方式，为改革顺利推进提供法律保障；制定监察法，深化国家监察体制改革；修改人口与计划生育法，促进人口长期均衡发展；修订国务院组织法，为建设人民满意的法治政府、创新政府、廉洁政府和服务型政府提供坚实法治保障……

"重大改革于法有据、及时把改革成果上升为法律制度"，全国人大及其常委会不断助推改革举措转化为国家治理效能。

大智立法，以良法促进发展、保障善治——

选举法、地方组织法、刑法、刑事诉讼法、中外合资经营企业法……1979 年 7 月 1 日，五届全国人大二次会议一口气通过七部法律。

适应改革开放时代需求，国家立法"时不我待"，全国人大及其常委会重任在肩。

从民法通则到合同法，从公司法到消费者权益保护法，一批经济领域立法撑起社会主义市场经济法律"四梁八柱"；制定修改刑法、刑事诉讼法，打击犯罪与保障人权并重……中国特色社会主义法律体系如期形成，成为人类法治史上一项了不起的成就。

进入新时代，习近平总书记强调："要在确保质量的前提下加快立法工作步伐，增强立法的系统性、整体性、协同性，使法律体系更加科学完备、统一权威。"

从"有法可依"走向"良法善治"，新时代的国家立法，以良法促发展、保善治的步伐铿锵有力。

数量多、分量重、节奏快、质量高，立法形式不断丰富，既注重"大块头"，也注重"小快灵"，成为新时代立法的鲜明特点。发挥人大在立法工作中的主导作用，深入推进科学立法、民主立法、依法立法，法律规范体系建设取得历史性成就。

编纂实施民法典，全方位保护公民民事权利；

推进生态环境法典编纂，制定长江保护法、黄河保护法、黑土地保护法、青藏高原生态保护法等，以法治之力保护蓝天碧水净土；

制定修改国家安全法、反外国制裁法、反间谍法等，基本形成国家安全法律制度体系；

制定修改外商投资法、海南自由贸易港法、个人所得税法、反垄断法等，作出一系列决定，以立法保障和推动改革开放；

出台爱国主义教育法等，推动社会主义核心价值观深入人心；

......

国家立法的足迹，镌刻在共和国的史册上。党的十八大以来，截至 2024 年 8 月底，全国人大及其常委会通过宪法修正案，制定法律 81 件，修改法律 258 件次，作出法律解释 10 件，通过有关法律问题和重大问题的决定 112 件次。

以法治固根本、稳预期、利长远，人民代表大会制度必将发挥国家治理的更大效能。

让监督长出"牙齿"，推动解决高质量发展难点堵点——

"将采取哪些措施更有效打击和防范环境资源犯罪？"

"如何加大执法司法力度，保护关键区域和流域生态环境？"

......

2023 年 10 月 22 日上午，一场特殊的"考试"在人民大会堂进行，全国人大常委会首次对"一府两院"同一主题的三个报告开展专题询问。

面对与会人员就生态环境和资源保护领域执法司法提出的一连串问题，国务院、最高法、最高检相关负责人一一作答。

问得精准、答得坦诚，各方同向发力、同题共答，进一步形成保护生态环境的工作合力。

习近平总书记强调，"要用好宪法赋予人大的监督权，实行正确监督、有效监督、依法监督""要更好发挥人大监督在党和国家监督体系中的重要作用"。

聚焦"国之大者"，回应"急难愁盼"。近年来，全国人大常委会坚持围绕中心、突出重点、增强实效，完善监督机制，丰富和探索监督方式，寓支持于监督之中，推动党中央重大决策部署贯彻落实。

首次开展对"两高"专项工作报告的专题询问；首次听取审议国家监委有关专项工作报告、首次听取审议国务院国有资产管理情况综合报告、首次听取审议全国人大常委会法工委备案审查工作报告；护航美丽中国，先后检查大气污染防治法、水污染防治法、土壤污染防治法等实施情况……

聚焦党中央重大决策部署和人民群众所思所盼所愿，人大监督确保人民赋予的权力始终依法正确行使、维护人民合法权益。

以法为纲，崇法善治。

在习近平总书记关于坚持和完善人民代表大会制度的重要思想指引下，更好发挥人民代表大会制度在中国特色社会主义制度和国家治理体系中的重要作用，"中国之治"成色更足、效能更高。

坚定践行全过程人民民主——"坚持一切为了人民、一切依靠人民，充分发挥广大人民群众积极性、主动性、创造性，不断把为人民造福事业推向前进"

上海市长宁区虹桥街道——全国人大常委会法工委设立的首批基层立法联系点之一。

2019 年 11 月 2 日，正在上海考察的习近平总书记来到虹桥街道古北市民中心，同正在参加立法意见征询的社区居民代表亲切交流，明确指出："我们走的是一条中国特色社会主义政治发展道路，人民民主是一种全过程的民主"。

人民民主是社会主义的生命，人民代表大会制度是实现我国全过程人民民主的重要制度载体。

从陕甘宁边区的"豆选"，到建立"三三制"为原则的抗日民主政权；从确立人民民主专政的社会主义国家制度，到1.5亿人参加"五四宪法"起草过程中的"大讨论"……民主，是中国共产党和中国人民始终不渝坚持和践行的重要理念。

习近平总书记深刻指出，没有民主就没有社会主义，就没有社会主义的现代化，就没有中华民族伟大复兴。我们必须坚持国家一切权力属于人民，坚持人民主体地位，支持和保证人民通过人民代表大会行使国家权力。

来自人民、植根人民，人民代表大会制度迸发强大生命力——

太行山区，山西省平顺县西沟村一片青山红瓦白墙。

1954年，这里走出一位25岁的全国人大代表——申纪兰。此后几十年，她连续十三届当选了全国人大代表。

"当人大代表，就要代表人民，代表人民说话，代表人民办事。"申纪兰曾说。几十年间，她认真履职，推动改善了人民生活。

正是人民代表大会这样的制度设计，来自天南海北、不同行业的代表坐在一起共商国是，成为中国政治生活的常态。

一头连着党和政府，一头连着亿万群众，人大代表是听民声、聚民意的重要桥梁。

"有基层一线的同志当人大代表，是我国人民代表大会制度的政治优势。"2017年全国人代会期间，习近平总书记同代表交流时道出了人民民主的真谛。

党的十八大以来，全国人大常委会不断加强和改进代表工作，支持和保障代表更好依法履职。

全国人大常委会设立代表工作委员会，加强代表工作能力建设；常委会组成人员、各专门委员会、工作委员会实现联系基层全国人大代表全覆盖；邀请全国人大代表列席常委会会议、参加常委会执法检查和专题调研，常委会领导同志面对面听取代表意见建议……

十四届全国人大代表中，一线工人、农民代表占比达到 16.69%，更多来自基层的声音进入最高国家权力机关。

今年的全国人大常委会工作报告显示，全国人大代表在十四届全国人大一次会议期间提出的 8314 件建议、闭会期间提出的 130 件建议，交由承办单位办理并答复代表，建议所提问题得到解决或计划逐步解决的占 75%。

听"民声"，纳"民意"，让改革发展与百姓期盼同频共振——2024 年 3 月 5 日下午，人民大会堂东大厅暖意浓浓。

习近平总书记来到这里，参加他所在的十四届全国人大二次会议江苏代表团审议。张家港市南丰镇永联村党委书记吴惠芳代表带来了他在农村探索推动高质量发展和提升民生保障水平的思考与实践。

"走共同富裕的乡村振兴道路，你们是先行者，要把这个路子蹚出来。要继续推进共同富裕，走中国式现代化道路。"习近平总书记对吴惠芳说。

面对面，心贴心。每年全国人代会，习近平总书记都同代表们深入交流、共商国是，彰显全过程人民民主的实践力量。

全面建成社会主义现代化强国，人民是决定性力量。人民代表大会制度，是坚持党的领导、人民当家作主、依法治国有机统一的根本政治制度安排。

"通过！"

2020 年 5 月 28 日，十三届全国人大三次会议表决通过《中华人民共和国民法典》。

为了编纂好这部充分反映人民意愿的新时代法典，习近平总书记三次主持中央政治局常委会会议，听取并原则同意全国人大常委会党组就民法典编纂工作所作的请示汇报，对民法典编纂工作作出重要指示。

全国人大常委会会议 10 次审议，10 次向社会公开征求意见，3 次组织全国人大代表研读讨论，针对意见反映集中、争议较大的问题专门召开座谈会……民法典编纂历时 5 年，成为全国人大及其常委会开门立法、民主立法的生动写照。

2023 年 3 月，立法法修改，将基层立法联系点制度写入法律。目前，全国人大常委会法工委在全国各地设立 45 个基层立法联系点，带动省、市两级人大设立基层立法联系点 7300 多个。

党的十八大以来，各级立法机关健全立法征求意见机制，对立法涉及的重大利益调整事项加强论证咨询，稳步推进立法协商，通过座谈、听证、网络征求意见等方式，扩大群众对立法的有序参与。

人民群众参与立法渠道更畅通，让每一部法律都满载民意、顺应民心，彰显全过程人民民主最广泛、最真实、最管用的特质。

聚"民智"、解"民忧"，汇聚起中国式现代化建设的磅礴力量——

每天清晨，江西樟树市江盐大道上的"樟帮中医药一条街"国医馆门前，总有不少群众早早排队守候。

2021 年起，樟树市推出民生实事项目人大代表票决制。打造"樟帮中医药一条街"，就是 2023 年 200 多名樟树市人大代表投票确定的重大民生实事项目。

多地推行民生实事项目人大代表票决制，广泛设立代表之家、代表联络站倾听基层声音……一项项更丰富、更接地气的民主实践，充分发挥人民代表大会制度特点与优势，让人民群众成为改革发展的建议者、决策者、监督者和最终受益者。

目前，全国设立代表之家、代表联络站等 20 多万个，基本覆盖乡镇街道，许多地方还建到了社区村组，着力打通代表服务群众的"最后一公里"。

发展全过程人民民主是中国式现代化的本质要求。党的二十届三中全会《决定》部署"健全吸纳民意、汇集民智工作机制"，对新时代推进人大的民主民意表达平台和载体建设提出了明确要求。

众智谋事必明，众力举事必成。

70 年春华秋实，70 年砥砺奋进。人民代表大会制度坚持国家一切权力属于人民，最大限度保障人民当家作主，有效保证国家政治生活既充满活力又安定有序。

在以习近平同志为核心的党中央坚强领导下，坚持好、完善好、运行好人民代表大会制度，不断发展全过程人民民主，必将为党和国家兴旺发达、长治久安提供更加成熟完善的根本政治制度保障。

（记者杨维汉、罗沙、王琦、熊丰）

书写温暖人心的"民生答卷"

——新中国成立75周年社会事业成就综述

新中国成立75年来，我国坚持以人民为中心的发展思想，把改善人民生活、增进民生福祉作为出发点和落脚点，不断解决关系人民切身利益的突出问题，人民生活水平连续迈上新台阶。

新时代新征程，以习近平同志为核心的党中央团结带领全党全国各族人民，推动党和国家事业取得历史性成就、发生历史性变革，改革发展成果更多更公平惠及全体人民，人民群众的获得感、幸福感、安全感不断增强。

增加民生投入　夯实民生之基

聚焦产业发展前沿领域，面向数字经济、绿色经济、银发经济、新型城镇化和乡村建设等重点行业，推出医药卫生、专精特新、先进制造、新能源等行业专场招聘会；结合国家区域发展战略，开展区域性专场招聘会……

9月12日，人力资源社会保障部启动"职引未来—2024年大中城市联合招聘高校毕业生秋季专场活动"，活动将持续至11月底。

就业是最基本的民生，牵动着千家万户。

75 年来，从大力恢复和发展生产，着力解决城镇失业问题，到改革开放后实现经济发展与扩大就业有效联动，就业总量大幅增加，再到党的十八大以来，就业优先战略贯穿经济发展的方方面面，我国就业空间不断拓展，就业形势保持稳定，14 亿多人口的大国实现了比较充分的就业。

2023 年，全国就业人员 74041 万人，比 1949 年扩大 3.1 倍。2013 年至 2023 年，城镇新增就业人数累计超过 1.4 亿人，城镇调查失业率保持稳定。随着产业结构发生深刻调整，就业结构不断优化。2023 年，第二、三产业就业人员占全国就业人员比重分别为29.1%、48.1%，比 1952 年分别提高 21.7 个、39.0 个百分点。

投入力度，彰显民生温度。

2024 年，各级政府更是拿出"真金白银"稳就业：中央财政安排就业补助资金预算 667 亿元；人力资源社会保障部、教育部、财政部提出 11 条稳就业政策举措，其中明确整合优化吸纳就业补贴和扩岗补助政策，合并实施一次性吸纳就业补贴和一次性扩岗补助政策；四川将强化稳岗拓岗作为促就业的重点，鼓励企业释放更多岗位吸纳高校毕业生；江苏实施社会化岗位拓展行动，开发岗位不少于 10 万个；广西开展数字经济、先进制造业等技能培训……

与此同时，我国持续建设多层次社会保障体系，民生保障网逐步织密兜牢。75 年来，从无到有、从小到大，以养老、医疗、失业保险为重点，我国逐步构建起多层次、广覆盖的社会保障体系。特别是党的十八大以来，社会保障体系改革进入全面覆盖和深化阶段，社会保障水平显著提升，建成世界上规模最大的社会保障体系。

今年上半年，各级财政部门持续优化财政支出结构，强化基本民生财力保障，其中社会保障和就业支出 22697 亿元，同比增长 4.2%；城乡社区支出 10472 亿元，同比增长 8%；教育支出 20291 亿元，同比增长 0.6%。

"加大民生投入，应本着取之于民、用之于民的原则，注重立足长远、为民谋利，寻求最大公约数，以务实管用、可行有效的改革举措，实现好、维护好、发展好人民群众的根本利益。"国务院发展研究中心研究员龙海波说。

聚焦"急难愁盼" 回应民生关切

"医保，给我们全家带来了生的希望。"江西省抚州市一名法布雷病患儿的父亲说，孩子所需特效药经过医保谈判进入国家医保用药目录，一支价格从 1.2 万元降到 3000 元左右。"算上医保报销和'抚惠保'等其他保险，我们一年个人自付仅 4 万元。"

医疗保障关乎人民健康福祉。从医保谈判药品看，覆盖常用药和特殊疾病、罕见病用药，目录内药品数量达 3088 种，惠及参保患者 7.2 亿人次，叠加谈判降价和医保报销等多重因素，累计为群众减负超 7000 亿元。

75 年来，从赤脚医生到日益完善的医疗人才培养体制，从爱国卫生运动到公立医院综合改革，我国在医疗队伍和医疗体系建设上持续进步。目前，我国建成全世界最大的医疗保障网络，覆盖超过 13 亿人。

全面推开公立医院综合改革，医保跨省结算提质扩面……党的十八大以来，随着城乡医保并轨政策的深入推进，健康中国战略的全面实施，居民看病难、看病贵问题得到有效缓解。

老有所养、幼有所育，围绕"一老一小"这一最现实、最紧迫、最突出的民生问题，我国持续完善人口服务体系。

从探索建立国家基本养老服务清单制度，到以"居家社区机构相协调"等明确养老服务体系建设目标；从理顺养老服务监管机制，到推动银发经济健康发展……一项项改革实招为推进养老服务体系建设夯基垒台。

改革开放以后，经过 40 多年的努力，特别是党的十八大以来，我国已建成世界规模最大的养老保险体系。截至 2023 年底，全国参加基本养老保险人数达 10.66 亿人，比 1989 年末增加 10.09 亿人。

人生百年，立于幼学。党的十八大以来，我国提升学前教育普及能力，扩充优质普惠资源，持续破解"入园难""入园贵"等痛点，持续构建广覆盖、保基本、有质量的学前教育公共服务体系，不断满足人民群众幼有所育的美好期望。

深化民生改革　创造更美好生活

安徽凤阳小岗村，种粮大户程夕兵的家庭农场建有标准化育秧工厂、仓储用房，流转土地 700 多亩。2023 年，仅粮食和经营服务纯收入就达到 70 多万元。

从温饱不足到全面小康，75 年来，人民生活发生了翻天覆地变化。

多管齐下拓宽居民增收渠道，着力深化收入分配制度改革，努力推进基本公共服务均等化……党的十八大以来，我国不断做大做好"发展蛋糕"，深化民生改革，百姓的"钱袋子"愈加殷实。

2023 年，全国居民人均可支配收入达 39218 元，扣除物价因素比 1949 年实际增长 76 倍，年均增长 6.0%。

加快保障性住房建设、全面放开放宽户口迁移政策、保障随迁子女入学、大力发展文化体育事业……更均等的服务、更完善的保障，改革发展成果更多更公平惠及广大人民群众，让人民群众在共建共享发展中有更多获得感。

党的十八大以来，我国在统筹城乡发展、缩小城乡差距、推进新型城镇化方面取得了显著进展。城乡居民人均可支配收入比由 2012 年的 2.88∶1 缩小至 2023 年的 2.39∶1。

城乡面貌日新月异，美丽中国更加宜居。

——看乡村，从农村危房改造大力开展，到新农村建设深入推进，党的十八大以来，我国持续推进农村人居环境建设。

——看城市，从老旧小区改造、棚户区改造到城市更新，住房保障制度不断完善，保障性安居工程加快推进，人民居住条件不断改善，更多人住有所居、安居宜居。

我国城镇人均住房建筑面积由 1949 年的 8.3 平方米提高到 2023 年底的超过 40 平方米；累计建设各类保障性住房和棚改安置住房 6400 多万套，1.5 亿多群众喜圆安居梦。

脱贫攻坚战取得全面胜利，为全球减贫事业作出突出贡献。新中国成立初期，人民生活处于极端贫困状态。1978 年末我国农村贫困人口 7.7 亿人，农村贫困发生率高达 97.5%。党的十八大以来，我国把贫困人口全部脱贫作为全面建成小康社会的底线任务。经过接续奋斗，到 2020 年底现行标准下 9899 万农村贫困人口全部脱贫，832 个贫困县全部摘帽，12.8 万个贫困村全部出列，区域性整体贫困得到解决，完成消除绝对贫困的艰巨任务。

中国式现代化，民生为大。展望未来，在以习近平同志为核心的党中央坚强领导下，全国上下齐心协力，扎实做好民生保障工作，必将绘就幸福民生新画卷。（记者樊曦、王优玲、魏弘毅）

延伸阅读

这个"生活盒子"，要啥有啥

"走，一起去社区食堂吃饭"——在上海中心城区徐汇，这句话成为市民的流行语。不仅有些老人一日三餐都在社区食堂解决，一些外国人也慕名而来"吃食堂"，成为上海民生服务的一道风景线。包括社区食堂在内，民生服务如何让市民满意，从而吸引更高人气？这不仅需要服务方式创新，更涉及民生投入如何加强绩效管理和评估监督。

"螺蛳壳里做道场"：一个"盒子"集成多项民生服务

位于徐汇区徐家汇街道的万体汇"生活盒子"好不热闹：市民中有前来吃饭的、也有过来休闲的，有享受日间照料服务的老人、也有带着孩子参加亲子活动的年轻人。自2024年4月底开业以来，这里的人气值持续攀升。

"生活盒子"是一个形象的叫法。近年来，徐汇区围绕一站式社区服务综合体新理念，对原有的"邻里汇"党群服务中心进行升级，标配社区食堂、社区卫生站、社区文体、社区助浴点"四件套"，满足全年龄段人群的需求。目前，徐汇区已建成40个生活盒子，保障居民步行15分钟，就能享受养老、医疗、文体等各种民生服务。

要把生活盒子办好，服务集成很关键。徐汇区民政局相关负责人告诉半月谈记者，上海中心城区土地资源紧缺，一个生活盒子一般在 2000 平方米左右。要让有限的空间发挥最大服务效能，必须发扬"螺蛳壳里做道场"的精神，做到空间共享、复合使用。

以万体汇生活盒子为例，一楼是社区食堂、"双拥"主题咖啡店"戎咖"等，二楼是为老服务空间，包括日间照料中心、社区卫生服务站等，三楼是儿童关爱服务空间，提供亲子活动、心理支持等功能。

"我走路到社区食堂，差不多要三四分钟。这里除了吃饭，还有健身区、卫生站、图书角等设施，丰富了大家的生活。有时候，老人约着来生活盒子聚会聊天，这里就像一个社区客厅，氛围很融洽。"家住万体汇附近的刘美玲阿姨说。

"在实际运营中，我们发现生活盒子要想吸引人气，选址非常重要。"徐家汇街道办事处主任张耀说，做生活盒子的物业首先要临街，但又不能是车流密集的大马路，最好是靠近居民区的小马路，这样能覆盖多个群体的需求。

"老外也来吃食堂"：社区食堂探索"公益+市场"新路

民生服务需要政府的大力投入。以生活盒子为例，社区食堂是其中的基本服务功能，硬件建设、物业租金都由政府负责，在此基础上向市民提供价格优惠（如 70 岁以上老年人餐饮八五折）。如何让财政资金发挥更大撬动作用？

民营企业上海缘源餐饮管理有限公司负责运营万体汇生活盒子里的社区食堂。类似的社区食堂，缘源餐饮在徐汇一共有 7 家。作为上海养老服务行业协会助餐服务专委会主任委员，缘源餐饮负责人鲁小锋深感社区食堂运营的不易。"2019 年以前，社区食堂基本叫老年食堂，主要服务老人用餐。后来改成社区食堂，服务更广泛的人群，这就需要更高的运营水平。"

首先是服务更加多元。像万体汇社区食堂，利用靠近徐家汇体育公园的特点，在中式正餐之外推出"能量碗"等品种，杂粮＋南瓜＋蔬菜＋鸡肉的组合，颇受运动人群欢迎，一些在附近工作的老外也慕名而来。"我们测算，一个 300 平方米左右的社区食堂每天至少要 500 客才能打平，现在好的社区食堂一天能做到 1000 客以上。"鲁小锋说。

其次是运营更加精细。受天气等因素制约，社区食堂每天的就餐人数存在不确定性，这就要求运营方在备餐时有更精细的考虑。有时候当天烧好的菜卖不完，徐汇区漕河泾街道华富社区食堂探索推出"爱心盲盒"，两荤一素卖 10 元钱，既避免了浪费，又给有需求的顾客提供了实惠。

"社区服务，公字当头。既要从价格、质量等多个方面确保其公益性，也要让运营方实现可持续经营。"徐汇区养老事业发展中心主任沈海蓉说。徐家汇街道办事处副主任管娟娟介绍，不少生活盒子里的入驻机构建立了反哺社区机制，如万体汇生活盒子内的"戎咖"，每卖一杯咖啡即捐赠 0.1 元给徐家汇社区基金会，定向用于社区困难人群帮扶。

"实事办实好事办好":强化"民生绩效"理念

诸如生活盒子等民生服务设施,建起来容易运营好不易,这是摆在基层工作者面前的一道难题。

针对全区 40 个生活盒子的运营,徐汇区民政局每个季度都要出一份监测报告。每个生活盒子的服务居民人次、社区食堂的供餐数量、社区卫生服务的人流量等,在报告中一览无余。

"我们在生活盒子里安装了态势感知系统,做到人流量实时监测。"徐汇区民政局相关负责人说,"监测目的不是搞排名,而是为民生服务运营提供数字化管理手段,以精确感知市民偏好,对服务盲区与低效区域做出针对性改进。"

充分问计于民、问需于民,也是把"好事办好"的关键。"建议就餐卡全区通刷""建议做好卫生间防滑等公共场地适老化改造"……目前,徐汇已引入生活盒子满意度调查机制,依托第三方机构,征询群众对民生服务的满意度、需求和建议。

徐汇区枫林路街道天龙生活盒子运营负责人徐璐说,该建筑 4 楼的"心理咨询室"原来被定位为"多媒体教室",主要教授老年人一些上网和多媒体技能,每周开课一到两次,利用率不高。后来不少居民反映有心理咨询的需求,在街道支持下,上海市精神卫生中心的专业心理医生被请进社区,定期为居民提供公益服务。

"民生服务办得好不好,人气是最直接的指标。"徐汇区副区长罗华品说,"财政资金总是有限的,所以民生投入一定要强化绩

效管理理念，让有限的资源发挥更大的效用，这也是建设人民城市、以绣花功夫实现精细治理的应有之义。"（记者何欣荣、郭慕清）

向着农业强国加速迈进

——新中国成立 75 周年"三农"发展成就综述

新中国成立75年来,农业农村发展呈现出翻天覆地的巨大变化,实现了举世瞩目的跨越发展。特别是党的十八大以来,以习近平同志为核心的党中央坚持把解决好"三农"问题作为全党工作的重中之重,坚持农业农村优先发展,我国农业综合生产能力迈上大台阶,农村民生显著改善,乡村面貌焕然一新。农业大国加快推进农业农村现代化,向农业强国迈进。

粮食和重要农产品供给充足

秋天的田野,收获的气息越来越浓郁。在黑龙江省佳木斯市桦川县悦来镇双兴村,田间架设着微型气象站、病虫害监测仪等设备,一片片金黄的水稻随风轻摆。

"还有 20 多天就可以收割了,预计每公顷产量在 9 吨以上。"站在田埂上,桦川县玉成现代农机专业合作社理事长李玉成告诉记者,尽管前期遇到低温多雨天气,但通过及时田间管理,今年水稻长势不错。

新中国成立以来，粮食综合生产能力持续提升，我国粮食生产实现了跨越式发展。新中国成立初期，我国粮食年产量仅 2000 多亿斤，1962 年稳定在 3000 亿斤以上。随着家庭联产承包责任制的建立实施，极大激发了亿万农民的生产积极性，解放了农业生产力，粮食产量接连跨上新台阶。党的十八大以来，我国实行粮食安全党政同责和"菜篮子"市长负责制，深入实施藏粮于地、藏粮于技战略，粮食综合生产能力稳步增强。

我国粮食产量连续 9 年稳定在 1.3 万亿斤以上。2023 年粮食产量达到 13908 亿斤，比 1949 年增加 1 万多亿斤；粮食单产大幅提升，2023 年全国粮食单产 389.7 公斤 / 亩，比 1949 年增加 321.1 公斤 / 亩。

既要吃得饱，也要吃得好。"米袋子""菜篮子"产品供给能力稳步提高，品种更加丰富。

★ 2024 年 9 月 10 日，在西藏日喀则市白朗县巴扎乡拍摄的秋收场景（无人机照片）。（新华社记者晋美多吉摄）

果蔬产品多样，四季新鲜上市——

经济作物生产蓬勃发展。蔬菜水果琳琅满目，品质不断提升，并且实现跨地区、反季节供应，居民的"菜篮子""果盘子"更加丰富。

畜禽生产质效提升，肉蛋奶供应充足——

新中国成立初期，我国畜产品供应总体不足。改革开放后，畜产品产量不断攀升。近些年来，畜牧业现代化、规模化进程加快，综合生产能力再创新高，2023 年肉蛋奶产量超过 1.75 亿吨。肉类禽蛋产量多年稳居世界第一，奶类产量进入世界前列。

渔业生产繁荣发展，鱼虾蟹贝藻品种丰富——

科技创新推动向江河湖海要食物，水产养殖迅猛发展，远洋渔业不断壮大，水生生物资源养护取得实效。我国水产品总产量占全世界的近 40%，水产品人均占有量达到 50.48 公斤。

近年来，温室大棚、垂直农场、智能农牧场、植物工厂等不断发展，拓宽了农业发展新空间，推动肉蛋奶、蔬果、水产品等供给持续增加，更好满足人们多元化食物需求，提升了"大食物"供给水平。

宜居宜业和美乡村加快建设

农村是广大农民群众的家园。把农村建设得美好，农民群众才有获得感、幸福感、安全感。

走进湖南省岳阳市平江县伍市镇普祝村，田间阡陌纵横，房前屋后干净整洁。村民们种植富硒藕、富硒米，发展萝卜加工产业，开起农家乐。

"以前只有一条泥巴路，村里都是土坯房和茅草屋，臭水沟和垃圾没人清理。没想到这些年村里变化这么大。" 80 多岁的村民卢孔云说，"环境好了，村里人气更旺了。"

新中国成立后，中国共产党组织农民重整山河、发展生产，进行了艰辛探索；改革开放以来，领导农民率先拉开改革大幕，不断解放和发展农村社会生产力，推动农村全面进步。党的十八大以来，农村民生显著改善，乡村面貌焕然一新。

产业振兴、人才振兴、文化振兴、生态振兴、组织振兴……一系列政策举措，推动乡村呈现新气象。

农村基础设施持续提升。新中国成立以来，我国持续加快推进

★ 2024 年 8 月 29 日，在福建省屏南县熙岭乡，龙潭村"新村民"梅宏在打理自己经营的民宿外墙装饰花盆。（新华社记者姜克红摄）

农村基础设施建设，改善了生产生活条件，住房、饮水安全、道路等建设成效明显。十年来累计新改建农村公路 250 万公里，农村自来水普及率达到 90%，规模化供水工程覆盖农村人口比例达到 60%。

农村人居环境持续改善。农村卫生厕所普及率达到 75% 左右，生活垃圾得到收运处理的行政村比例稳定保持在 90% 以上，农村生活污水治理（管控）率达到 45% 以上。

农村公共服务水平持续提高。学前教育发展提升行动、义务教育薄弱环节改善与能力提升项目等深入实施。各地累计建设村卫生室超过 58 万个，农村敬老院超过 1.6 万家，农村社区互助性养老服务设施超过 14 万个。

一件件实事加快解决，宜居宜业和美乡村不断建设，促进农民群众的获得感、幸福感、安全感更加充实、更有保障、更可持续。

农民增收致富渠道拓宽

走进广西桂林市龙胜各族自治县龙脊镇大寨村，层层梯田环抱于山间，绿意掩映的山坡上，一座座富有民族特色的吊脚楼错落分布，不时有村民和游客往来其间。

因为大山的阻隔，大寨村曾是贫困的代名词。随着脱贫攻坚号角吹响，在多方帮扶下，基础设施和产业发展得到极大改善。梯田和民族风情带动了旅游业。"人均年收入从 2003 年不足 700 元发展到现在约 4 万元，日子越来越红火。"大寨村党支部书记余琼通说。

新中国成立初期，人民生活处于极端贫困状态。社会主义基本制度的建立等为从根本上解决贫困问题奠定了基础。改革开放以来，我国实施大规模、有计划、有组织的扶贫开发，农村贫困人口大幅减少。党的十八大以来，我国打赢脱贫攻坚战，持续用力巩固拓展脱贫攻坚成果，牢牢守住了不发生规模性返贫的底线。

检验农村工作实效的一个重要尺度就是看农民的钱袋子鼓起来没有。发展特色产业、支持外出务工、加快三产融合发展……各地各部门持之以恒多措并举促进农民增收。

自 2018 年起我国将每年农历秋分设立为中国农民丰收节，这是第一个在国家层面专门为农民设立的节日。2024 年 9 月 7 日，2024 年中国农民丰收节金秋消费季活动在天津启动。现场设置了"津农精品"、京津冀优质农产品、内蒙古优质农畜产品等展区，拼多多等电商平台围绕大豆及豆制品、乳制品、牛肉等开展助农直播、发布惠农举措。

多年来，各地持续做好"土特产"文章，大力培育乡村新产业新业态，不断拓展农民增收致富渠道。2023 年农村居民人均可支配收入达到 21691 元。

既要富口袋、也要富脑袋。我国持续加强农村精神文明建设，深入实施广播电视"村村通"、农村电影放映和农民书屋工程，积极开展健康向上的农村群众文化活动。近年来，各地由表及里培育文明乡风，组织实施乡村文化振兴系列活动，不断提振农民的精气神，"村 BA""村超"等农民体育活动火爆出圈，优秀传统农耕文化得到保护传承。

党组织领导的自治、法治、德治相结合的乡村治理体系不断完善。积分制、清单制等务实管用的乡村治理方式得到推广，农村移风易俗持续推进。多部门联合创建了 293 个全国乡村治理示范乡镇和 2968 个全国乡村治理示范村。一系列举措推动农民群众生活更加舒心、顺心。

强国必先强农，农强方能国强。党的二十届三中全会对农业农村改革发展重大任务作出系统部署。落实党中央、国务院决策部署，各地各部门正锚定建设农业强国目标，扎实抓好乡村全面振兴各项工作，在新征程上奋力谱写更加壮丽的"三农"新篇章。（记者于文静、胡璐、郁琼源）

 延伸阅读

"会种田"到"慧种田" 智慧农业科技助力"天府粮仓"建设

2024年9月22日，在成都市新都区军屯镇天星村2024年中国农民丰收节四川省庆丰收主场活动现场，两台无人收割机有条不紊地在稻田里作业，依托北斗导航系统，它们的作业行走精度始终保持在2.5厘米内。自这里的智慧无人农场建成以来，专业合作社和种粮大户们尝到了智慧农业的"甜头"。

依托北斗卫星导航、5G等技术，智慧无人农场核心区3000亩耕地已经实现耕、种、管、收关键环节全无人作业，农田环境全天候实时监测。

在新都区昌平农机作业专业合作社，各式农机整齐停放着，一些农机挂着摄像头，驾驶舱内架着一台控制面板。

"这就是无人农机。"负责人陈道松介绍说，"我有七八台农机都做了智慧化改造。比如无人拖拉机、插秧机、收割机等，非常好用。"他算了一笔账，以无人插秧机为例，以前需要一个人开，另一个人放秧盘，现在仅需要一个人就行。

"它规划的线路比我们经验老到的农机手还合理。"陈道松乐呵呵地说，"省人工、省油、省时，综合算下来一天能节约300多元。"

新都区农业农村局乡村振兴总规划师孟桂林介绍，定制5G网络实时传输农机画面，再通过AI识别、分析、计算，无人农机可

以自如地在田里作业。经专家测算，与人工驾驶相比，无人农机可以提高土地利用率2%，相当于在核心区新增了60亩耕地。

据介绍，2024年新都区智慧无人农场核心区水稻测产亩产达到730公斤，同比增产50公斤。

耕种成本降低，生态效益也不断显现。依托精准的气象监测和农业"四情"监控，智慧无人农场实现了智能管控，精准种植。

在位于天星村的四川流航农业有限公司，一块2米多高的屏幕上，11个窗口界面不断更新着大田的各项"身体状况"，这是智慧无人农场的"大脑"——"智慧农场云平台"。300多个传感器分布在核心区稻田、提灌站等各处，实时采集土壤湿度、温度、光照强度等数据，进行精准施药施肥，可以显著节约农药、化肥投入。

从"会种田"到"慧种田"，科技与农业深度融合，才能实现"藏粮于地、藏粮于技"，为打造更高水平"天府粮仓"积蓄动能。孟桂林表示，未来智慧无人农场还将实现产销对接、农商直供等新业态，缩短农产品流通环节，让种植户和消费者都能受益。（记者唐文豪）

推动社会主义文化繁荣兴盛

——新中国成立75周年文化发展成就综述

文化是一个国家、一个民族的灵魂。文化兴国运兴，文化强民族强。

在5000多年文明发展中孕育的中华优秀传统文化，在党和人民伟大斗争中孕育的革命文化和社会主义先进文化，积淀着中华民族最深沉的精神追求，代表着中华民族独特的精神标识，凝聚亿万人民为新中国发展不懈奋斗。

新中国成立75年来，社会主义文化发展之路愈走愈宽广，为民族复兴积蕴更基本、更深沉、更持久的力量。

人民至上

2024年2月，北京人艺经典话剧《茶馆》再次登上舞台。自1958年首演以来，这部北京人艺的"看家戏"经久不衰、一票难求。

《茶馆》不仅深刻刻画出旧时代的黑暗与痛苦，暗示了新世界对当时民众的迫切性，更以诙谐幽默的京味儿语言展现不同时代的风土人情和市井生活。

★ 2024 年 7 月 14 日，乌兰牧骑队员在内蒙古第 34 届草原那达慕开幕式上表演。（新华社记者贝赫摄）

源于人民、为了人民、属于人民，是社会主义文艺的根本立场，也是社会主义文艺繁荣发展的动力所在。

由新中国成立初期的一穷二白迈入大繁荣大发展的新时代，文艺为人民，是贯穿新中国文艺史的精神脉络。

20 世纪五六十年代，人们读着《创业史》，唱着《我们走在大路上》，心潮澎湃投入建设大潮；20 世纪八九十年代，大家听着《在希望的田野上》，读着《平凡的世界》，看着《渴望》，满怀热情投入时代洪流；进入新时代，人们在电视剧《大江大河》、电影《流浪地球》中，感悟一个大国的气度与创造。

75 年来，我们党坚持以人民为中心，不断满足人民多层次、多样化、多方面的精神文化需求，群众文化生活日益丰富多彩，文化软实力大幅提升。

文艺创作精品迭出——

从《红色娘子军》《野火春风斗古城》《天云山传奇》《庐山恋》，到《黄土地》《秋菊打官司》《甲方乙方》《长津湖》；从《许茂和他的女儿们》《组织部来了个年轻人》《白鹿原》，到《繁花》《人世间》《雪山大地》……文艺创作者坚持深入生活、扎根人民，用一系列精品佳作回应时代主题和人民心声。

文化服务设施不断完善——

新中国成立初期，公共文化服务设施极其短缺，1949年，全国公共图书馆仅有55个、博物馆21个。2023年末，全国共有公共图书馆3246个、博物馆6833个。我国公共文化设施建设取得长足进步，为丰富群众文化生活提供了有力支撑。

文化产业繁荣发展——

自2003年文化体制改革试点到全面展开，文化产业快速发展，新业态迅速兴起。2023年，全国规模以上文化及相关产业企业实现营业收入129515亿元，文化服务业支撑作用增强，文化新业态行业带动效应明显。

着眼满足人民群众精神文化生活新期待，高质量文化供给不断增强人民群众的文化获得感、幸福感。

守正创新

1979年，大型民族舞剧《丝路花雨》在中国西北诞生。编创者们从敦煌莫高窟的壁画和彩塑中寻找灵感，将千年前的文化瑰宝编排成动人心弦的舞台作品。

2024 年 5 月，《丝路花雨》迎来了首演 45 周年。这些年，《丝路花雨》常演常新，将丝路风情与敦煌文化带到 40 多个国家和地区，向世界展示着博大精深的中华文明。

国家之魂，文以化之，文以铸之。75 年来，我国着力建设中华优秀传统文化传承发展体系，积极推进文物保护利用和文化遗产保护传承工作，以自信开放的姿态更好推动中华文化走出去，中华文化焕发新的时代光彩。

薪火相传，守护好中华民族的文化根脉——

不久前，"北京中轴线——中国理想都城秩序的杰作"申遗成功，

★ 远眺北京中轴线上的钟鼓楼与景山（2024 年 7 月 20 日摄）。（新华社记者陈钟昊摄）

北京中轴线成为我国第 59 项世界遗产。

新中国成立以来，我国文化遗产保护领域不断拓宽，保护体系逐渐完善，保护成效日益凸显，保护意识不断增强。目前，我国有全国重点文物保护单位 5058 处，较 1961 年公布的第一批全国重点文物保护单位 180 处增加了 20 多倍；国家级非物质文化遗产代表性项目 1557 个，43 个项目列入联合国教科文组织非物质文化遗产名录、名册，居世界第一。

与古为新，担负起新时代的文化使命——

别具匠心的考古盲盒、精致可口的文创雪糕……今日之中国，"文博热"火爆、"文创风"劲吹。

革故鼎新、与时俱进是中华文明永恒的精神气质。

从 1972 年湖南长沙马王堆汉墓发掘广受关注，到《国家宝藏》《典籍里的中国》《如果国宝会说话》等文博节目创新出圈；从创建国家文物保护利用示范区，到支持各地建设非遗工坊 6700 余家……中华优秀传统文化因创新创造彰显出旺盛的生命力、创造力、影响力。

扬帆出海，为人类文明作出新的更大贡献——

2023 年 5 月，中国与中亚五国领导人"长安复携手"。在赠送中亚国家元首的礼品中，有一件"何尊"。透过西周何尊铭文"宅兹中国"，世界更加理解"何以中国"。

新中国成立初期，我国主要同社会主义国家及亚非拉友好国家进行文化交流；改革开放后，我国对外文化交流不断扩大和深化；特别是党的十八大以来，文化交流、文化贸易和文化投资并举的"文化走出去"，令中华文化影响力日益增强。

数据显示，2009 年至 2021 年，我国文化服务进出口规模由 177 亿美元增长至 1244 亿美元。《琅琊榜》《媳妇的美好时代》等影视剧、网络文学作品在海外收获大量"粉丝"，海外中文学习人数超 2500 万、累计学习和使用中文人数近 2 亿……文以载道，为推动构建人类命运共同体注入深厚持久的文化力量。

立心铸魂

金秋时节，中国共产党历史展览馆迎来络绎不绝的观展者。从 2021 年 6 月 18 日开馆以来，接待观众数百万人次。

这座承载百年峥嵘记忆、彰显新时代恢宏气象的殿堂里，一件件实物、一幅幅展板、一张张照片，记录中国共产党人独特的精神

★ 位于北京的中国共产党历史展览馆（2021 年 6 月 22 日摄）。（新华社记者鞠焕宗摄）

标识。

井冈山精神、长征精神、"两弹一星"精神、特区精神、抗洪精神、抗震救灾精神、脱贫攻坚精神……以伟大建党精神为源头的中国共产党人精神谱系，滋养着中华民族心灵家园。

75 年砥砺奋进，75 年英雄辈出。

前三分之二人生用钢枪保卫人民、后三分之一人生用锄头造福人民的开国将军甘祖昌，"宁肯少活二十年，拼命也要拿下大油田"的石油工人王进喜，"最高境界是爱人民"的援藏干部孔繁森，用无私的爱心和智慧点亮万千乡村女孩人生梦想的"燃灯校长"张桂梅……牺牲、奋斗、创造，从革命年代"取义成仁今日事"，到改革岁月"贫穷不是社会主义"，再到新时代"中华民族伟大复兴的中国梦一定能够实现"，新中国的英雄模范以实际行动诠释和光大中华民族品格风范。

人无精神则不立，国无精神则不强。

75 年来，我们党始终注重物质文明和精神文明协调发展，坚持一手抓物质文明、一手抓精神文明，在推动经济快速发展的同时，促进社会主义先进文化繁荣发展，加强爱国主义、集体主义、社会主义教育，立志气、强骨气、筑底气。

伟大的事业需要伟大的精神。实现中华民族伟大复兴中国梦，必须弘扬中国精神、凝聚中国力量。

"富强、民主、文明、和谐，自由、平等、公正、法治，爱国、敬业、诚信、友善"，24 字要求明确了社会主义核心价值观的基本内容，是对党长期践行的核心价值观进行的科学提炼，为中国精神注入了新能量。

人民有信仰，国家有力量，民族有希望。

让党的创新理论"飞入寻常百姓家"，一个个新时代文明实践中心在中华大地落地开花，以文化人、成风化俗。

打造中华文化重要标志，长城、大运河、长征、黄河、长江国家文化公园建设贯通文脉、彰显自信。

推进网络文明建设，壮大网上主流舆论阵地，加强网络空间文化培育，深化网络生态治理，"大流量"澎湃正能量。

……

当高楼大厦在我国大地上遍地林立时，中华民族精神的大厦也巍然耸立。

沿着不可逆转的伟大复兴之路踔厉前行，新时代中国饱蘸历史笔墨，挥写中华文化新篇章。（记者周玮、王鹏、徐壮）

延伸阅读

珠水悠悠百粤传

——中华文脉传承发展的广东答卷

南岭巍巍，见证无言。珠水悠悠，纵览千年。

是春来早的盎然绿意，是刚出炉的早茶热气，是水袖轻拂间的粤剧婉转。

是千百年来烙在岭南大地之上的印记，是保存在每一块砖瓦每一条街巷之中的气质，是让文人感叹"不辞长作岭南人""此心安

★ 水量充沛的珠江滋养了南方大地，也勾勒出泛珠三角区域的壮丽空间。图为珠江穿过广州市区。（新华社发 李波摄）

处是吾乡"的达观释然。

是海丝路上飘扬的涛声帆影，是革命热土上涌动的刚健勇毅，是改革潮涌里荡起的壮阔波澜。

1000 多年前，这里就是海上丝绸之路的一个起点。100 多年前，就是在这里打开了近现代中国进步的大门。40 多年前，也是在这里首先蹚出来一条经济特区建设之路。

务实、包容、开放、创新的精神特质，涵养了岭南文脉向上向善、刚健朴实的精神内核。

云山珠水，弦歌不辍。岭南之风，山高水长。

岭南，有这样一座座城

天地，万物之逆旅。光阴，百代之过客。

文脉，正是城市的精神及其生成、演变的内在逻辑。

广州有一条北京路。顺着这条 1600 米长的千年古道，一路向南，可抵珠江天字码头。

走进北京路，高大的榕树挂满了红色灯笼，身着汉服的市民游客广袖襦裙、衣袂飘飘，尝美食、赏非遗、看古迹。

脚下，是从唐代直到民国时期的 11 层路面一一摞叠；身旁，是行人摩肩接踵的商业街和骑楼；眼前，是珠江上来来往往的船舶带来的海浪气息。人声喧哗中，似乎还能感受到千年前繁忙的贸易往来，隐约听见过往商队的马蹄声声。这是广州一千多年来繁盛从未中断的商业街，也是广州最为古老的城市中轴线。

从花城广场到被称为"小蛮腰"的广州塔，广州新中轴线，绘就着现代化都市的璀璨，见证着改革开放的奇迹。

海郡雄蛮落，津亭壮越台。城隅百雉映，水曲万家开。

广州是世界上少有的千年城址未变的商业文化名城。2200多年来，云山珠水间，新老中轴线浓缩着这座千年商都一脉相承的历史，承载了这片土地厚重而深沉的岭南文脉。

北枕五岭，借南粤水陆古驿道融入中原文明；南望南海，沿海上丝绸之路走向广阔世界。江河纵横、气候温和，得天独厚的自然地理环境使得岭南成为中国海洋文明的重要发祥地和对外贸易、海上交通的枢纽。

"自古以来，岭南大地就是沟通内地和海外的桥梁，岭南文化是中原文化与海洋文化融汇的结晶。"广州博物馆馆长吴凌云说。

在广州博物馆镇海楼中，一枚银黑色的威尼斯银币引人驻足。这枚娇小的银币，由威尼斯共和国铸造发行，存世只有两枚。考古学者分析，这枚银币到达广州的线路是海路而非陆路，表明15世纪时广州与欧洲的商贸往来频繁。

商都的海洋气质与中西文化交融的风格，成为岭南文脉最独特的基因片段。

法国地理学家潘什梅尔曾说过："城市既是一个景观、一片经济空间、一种人口密度，也是一个生活中心和劳动中心，也有可能是一种气氛，一种特征或一个灵魂。"

每一条寻常巷陌，都承载着岭南文化的历史记忆。

行走在广州市恩宁路历史文化街区，游客在沿街骑楼、西关大屋、小桥流水、岭南园林之间，寻觅岭南味道。这里有着"广州最美骑楼街"之誉。骑楼在广东民居竹筒屋的基础上融合欧洲外廊式样而成，体现着广府建筑中西合璧、革故鼎新的鲜明风格。

近年来，这里持续实施微改造，一方面鼓励片区内的原居民参与改造，积极保留原来的生活方式，同时在保留传统建筑风貌的基础上引入创新产业，构筑现代生活，用"绣花"功夫让老街区重焕新生。

"荔湾推进历史文化街区的保护活化利用，推进文明传承、文化延续，加强传统文化资源挖掘和保护。同时，促进'三雕一彩一绣'、粤剧粤曲等非遗文化发扬光大，建设好文化新地标，进一步焕发岭南文化的经典魅力和时代活力。"荔湾区区长谭明鹤说。

改造后的恩宁路永庆坊，不但保留了老广州的韵味，也展现出岭南文化的新貌。粤剧艺术博物馆、李小龙故居等文化空间之外，散布着咖啡店、茶馆、书店、民宿等各具特色的商业形态，让老城市焕发出新的活力，也在不断挖掘历史文脉中，成为滋养本地居民、吸引外来游客的打卡胜地。

文脉将岭南大地的历史、现在、未来一以贯之。

珠水悠悠，与永庆坊隔江相望，白鹅潭大湾区艺术中心拔地而起。这个将广东美术馆、广东非物质文化遗产展示中心、广东文学馆"三馆合一"的神来之笔，造就了注定传世不衰的新文化地标。它宛如一艘停泊在珠江岸边的巨轮，满载岭南文化艺术宝藏扬帆起航。

"这艘'巨轮'将岭南过去、现在和未来的文化相连，更将中国文化与世界文化相连。"项目设计负责人、中国工程院院士何镜堂介绍。

★ 集广东美术馆、广东省非物质文化遗产馆、广东文学馆为一体的白鹅潭大湾区艺术中心于 2024 年 5 月 1 日正式向公众开放。这艘长近 360 米的"文化巨轮"总建筑面积约 14.5 万平方米，共享公共区域 3.5 万平方米。三馆高低错落、层次分明，有巨轮出海之态。这是霞光映照下的白鹅潭大湾区艺术中心。（新华社记者刘大伟摄）

领时代之新的广东美术、丰富璀璨的岭南非遗、湾区与海丝文学大本营……这一新时代的岭南文化地标将成为岭南文化传播与对外交流的桥头堡，承载着粤港澳大湾区的人文内涵，向世界传播中华盛世的文化风采。

有着千年历史的潮州古城，至今保持着"外曲内方，四横三纵"的宋代街区格局，留存有大量古意盎然的建筑。唐朝开元寺、宋代许驸马府、明代城墙门楼和旧府衙、清代旧民居、牌坊街……漫步古城，老城居民生活的烟火气之间，潮州一日，世上千年。

独具特色的古城潮州正在成为当之无愧的"顶流"。刚刚过去的"五一"小长假，潮州成为热门旅游目的地，来古城看非遗成为时尚。"独树一帜的潮州文化，是这座千年古城的灵魂所在。我们大力推进潮州古城保育活化，加大非遗传承保护力度。"潮州市委常委、宣传部部长刘星说。

江门的开平碉楼、梅州的客家围屋、清远的千年瑶寨、深圳的大鹏守御千户所城……从粤西到粤北，从海边到深山，各具特色的古今风貌，勾勒出城市的经脉气象、沧海桑田，也共同织就了岭南的多元文化。千百年的传承与发展，成就了岭南文脉的延续，留下了城市的记忆，也记住了人们的乡愁。

广东省委常委、宣传部部长陈建文说，党的十八大以来，广东着力塑造与经济实力相匹配的文化优势，通过实施岭南文化"双创"工程，致力传承弘扬中华优秀传统文化，注重文化资源系统保护整体保护、品牌化提升和活化利用，推动岭南文化焕发新的时代光彩。

岭南，有这样一代代人

1000 多年前，宋代诗人陶弼来到广州，看到满大街盛行的异域服饰，感受到与中原迥异的环境时，忍不住感叹："外国衣装盛，中原气象非。"

400 多年前，意大利人利玛窦在澳门舍舟登岸，开启他的中国文化交流之旅，西风东渐的大戏也自此从广东揭幕。

"广东言西学最早……故中国各部之中，其最具国民之性质，有独立不羁气象者，惟广东人之最。"梁启超如是说。

★《广东千古情》演出现场。（新华社记者邓华摄）

面向海外、融汇东西的文化传统，滋养出广东敢为人先的创新意识和开放包容、务实拼搏的精神特质。

从林则徐虎门销烟到广州三元里抗英斗争，广东人民写下了中国反抗帝国主义侵略历史的第一页。此后，这片红色热土更成为革命力量汇聚的中心。从推动维新变法的康有为、梁启超、黄遵宪到领导民主革命的孙中山，一大批仁人志士从这里走出，揭开了近代中国变革的序幕。

"不守一隅的闯劲塑造了岭南特质。这种文化特质赋予了广东人务实的精神、包容的格局和不断进取的心态，这种特点一直持续到现代，使得这里的人能够不忘所来，又保持着独有的活力和创新精神。"广东省文联原主席、茅盾文学奖获得者刘斯奋说。

"一溪目汁一船人，一条浴布去过番。"一首潮汕歌谣，传颂着侨民历尽千辛万苦出海谋生的故事。"三山六海一分地"的潮汕地区，人们向海而生，骨子里素来有着勇立潮头的拼劲干劲。他们乘坐红头船"过番出海"，将一封封书信与汇款的"侨批"寄回国内，留下大量具有珍贵文献价值的华侨家书。

一纸侨批简，百年家国情。据档案记载，20 世纪 50 年代初期，广东省每月侨批数量高达 30 万封至 50 万封。2013 年，侨批档案入选联合国教科文组织《世界记忆名录》。

堆山填海的侨批、文献深深触动了作家陈继明。背井离乡"下南洋"的拼搏奋斗、牵挂家族的思绪婉转、民族危难之际运送抗战物资的爱国情怀……他由此创作了《平安批》，以长篇小说的形式书写独特的侨批文化，展现海外中华儿女最朴实的家国情怀。

而在一步步前行的脚印中，低调务实、刚健朴实，成为广东人祖祖辈辈代代传承的精神财富。

提到广东老板，人们往往想到的是穿着背心短裤、趿拉着拖鞋的形象。这并不是说他们不修边幅，而是对广东人低调务实的直观感受。他们不重奢侈名牌，却对赏金橘、品单枞精益求精，更重生活品质的生活态度之下，是广东人坚信实干出实业、爱拼才会赢。

"务实与开放是岭南文化最主要的特质，这在粤商的经营活动中更多地体现为实在、不来虚的；稳阵、不冒进；低调、不夸夸其谈。"广东省体制改革研究会执行会长彭澎说。做得出世界 500 强的大企业，也开得了传承几代的街头小食肆，这就是岭南特质的外在表现。

人们在与城市互动交融之中，共同塑造着特色鲜明、绚烂夺目的多元文化，凝结、扩散、传播着岭南之文脉。

中西文化在这里碰撞出艺术高峰——岭南画派。高剑父、高奇峰、陈树人等人秉承"折衷中西、融汇古今"的原则，在中国画的基础上融合东洋、西洋画法，兼工带写、彩墨并重，成为 20 世纪中国画坛的三大画派之一。

"'新事物'总是通过广东地区进入中国。国内最早的油画是从广东地区进入中国的，最早的摄影技术、摄影作品也是从这里进来的。"广东美术馆馆长王绍强说。

近些年，无论是线上线下、海内海外，岭南文化正成为日受追捧的文化潮流。来自广东普宁的"中华战舞"英歌在伦敦街头舞起，源自东莞的潮玩行销世界，吸引海外人士共同感受中国文化传统与现代风貌。

"有海水的地方就有华人，有华人的地方就有粤剧。"国家级非遗粤剧代表性传承人欧凯明说。每次到国外，他都会被岭南文化的传承而触动。粤剧、英歌、醒狮、咏春……这些文化符号曾随着华人的脚步走向世界，如今更是唤醒海外华人乡音乡情、传播中华文化的有力载体。

十里不同风，百里不同俗。醒狮舞龙、英歌战舞、夺锦赛龙……优秀的传统文化，通过祖祖辈辈的时代接力，铭刻进地理基因，成为人们勇毅前行的底气。

"地方文化特色很鲜明""传统文化保护得很好""很有震撼力"……2023 年，广东接待游客 7.77 亿人次，旅游总收入超 9500 亿元。一贯"闷声发大财"的广东，成为全国最大的旅游目的地。

★ 广州粤剧院演员在后台化妆。（新华社发　许建梅摄）

来自五湖四海的游客毫不吝啬地表达他们对岭南文化的喜爱，以及对文化保护传承的赞赏。

没有全国顶级的名山大川，没有最负盛名的旅游景区，靠着四季繁花、一路胜景，靠着岭南文化，让这片大地的每个角落，散发着如工夫茶般历久弥新的滋味。

岭南，一代代人有这样的魂

一代有一代之岭南，一代有一代之传承。

接过千年历史的接力棒，新一代广东人正在成为岭南文脉的继承者、创新者。

2023 年 6 月召开的广东省委十三届三次全会作出"1310"具体部署，提出"要扎实推进文化强省建设"；同年 11 月召开的全省宣传思想文化工作会议，全面贯彻落实习近平文化思想，对新时代新征程推动广东宣传思想文化事业高质量发展、建设文化强省进行部署。

纲举目张，聚气铸魂，岭南文脉，新机焕发。

革命精神之魂，是当代岭南文化传承中最重要、最核心的内容。中共三大会址、黄埔军校、中山纪念堂等红色文化地标，见证着广东人民浴血奋斗的历史。

广州市越秀区恤孤院路 3 号，中共三大会址纪念馆迎来一批又一批的观众。通过三维虚拟复原，人们可以"走进"虚拟复原的建筑内部，体会 1923 年中共三大的党代表们经历的场景。

"在革命文物工作中，我们坚持守正创新的原则、传史育人的目标。"中共三大会址纪念馆馆长朱海仁说，"通过开发红色剧本游、舞台话剧、红色文创，让红色元素注入社会生活，让红色文化更好弘扬。"

生生不息的文化传承中，岭南人注重城市精神的代际扩散，让人们不忘根本和传统。

新竹高于旧竹枝，聚光灯下，多姿的岭南文化正在守正创新中激发青春的活力。

身着汉服的志愿者站在千年古道上指引游客，骑楼下拓印、通草画摊位前排起长队，潮墟中传来古琴乐声……诞生于 2011 年的广府庙会，已经成为广州乃至大湾区人们新年相约的新民俗。

"潮龙出墟"展示非遗与潮流碰撞的精彩，广府达人秀演绎湾区经典流行，武林大会越秀"论剑"，小巷庙会点燃城市烟火气、文化味。

广府庙会正在用年轻化、潮流化的方式让传统艺术焕发新活力。广府文化推广大使、年轻音乐人黄智毅说，他一直在做粤剧与流行音乐结合的作品，用更多样的形式弘扬和传承岭南文化。

电光火石间，岭南文化正在守正创新中焕发新的光彩。

"勤练习技不离身，养正气戒滥纷争，当处世态度温文，扶弱小以武辅仁……"一年多来，诞生于深圳的舞剧《咏春》席卷了国内外多个剧场。150 多场演出，收入超 6800 万元——舞剧以承载着中国优秀传统文化精神内核的创新表达，让世界感受到新时代的东方之美。

"《咏春》将舞蹈与武术有机融合在一起，尝试为咏春拳打开新的艺术表达空间，探索在开放创新中发展岭南文化。"深圳市委常委、宣传部部长张玲说。

《咏春》的爆火，是近年来广东创新深挖岭南传统文化"破圈"的缩影。粤剧电影《白蛇传·情》叫好又叫座，舞剧《醒·狮》把舞台搬上云端成为爆款，电视剧《珠江人家》巧妙将粤菜、南药、粤剧三线叙事不断交汇而收视飘红，博物馆携手游戏让年轻人爱上逛展馆……

传统文化与现代文明在这里交相辉映，历史文脉与时尚创意于此地相得益彰。

何镜堂正在用建筑丈量文化的起承转合，在大地上书写岭南的新诗篇。"文化是建筑的灵魂。"他说，好的建筑离不开地域性、文化性、时代性。岭南文化的务实、包容、敢为人先、创新特质，给了他的设计诸多启迪。

凤凰山麓，流溪河畔，青山碧水间，宏伟典雅的中国国家版本馆广州分馆坐落于此，一幅带有岭南印记的历史长卷在这里缓缓展开，成为岭南大地又一座文化殿堂。

文脉是城市文化创造活动的源头活水。从层出不穷的优秀文艺作品到深入生活的公共文化服务空间，从考古的亮点不断到非遗的传承活化，岭南文化以高品质供给丰富了广东乃至世界人民的文化"餐桌"，也成为赋能广东经济发展、塑造城市环境的新动能。

北接二沙岛，南连广州塔，流畅优美的海心桥如同一只粤剧水袖拂过珠江。建成以来，每天平均通行人数达 1.4 万人。

站在桥上，目之所及是珠江新城、二沙岛、琶洲的一线城市夜景，耳畔传来的是附近草坪上市民弹唱的歌谣。在城市最繁华之处，最美的风景永远留给城市里的每一个普通人。"城市是人民的城市，城市处处要为人民。"何镜堂说。

如今，广东仍秉承岭南文脉赋予的力量，推进高质量发展，万马战犹酣。

十丈珊瑚是木棉，花开红比朝霞仙。不久前，当火红的木棉铺满越秀山脚，名为"英雄花开英雄城"的系列活动也深入了广州的大街小巷。年轻的孩子们在木棉树下聆听着先辈故事，将英雄的精神代代相传。

伶仃洋畔，伟人故里。以文润心，书香满城。在广东中山市，公园、工厂、农村、社区……一座座"香山书房"如雨后春笋般生长。据统计，中山全市共建成香山书房 106 个，累计接待读者 175.1 万次，借阅量达 44.2 万册，其中近 40% 书房设在村居公共活动场所附近，30% 设在公园、景区、商圈，30% 设在住宅小区和学校。"把优越的地段拿来建书房"，在为市民阅读提供便利的同时，书房正在为这座城市的文化繁荣发展输入源源不断的新动能。

以文化物，以文化人，以文化城。秉承岭南文脉赋予的力量，南粤大地正浓墨重彩写下中华民族现代文明的广东篇章。（记者陈凯星、叶前、王攀、邓瑞璇）

不断书写新的绿色奇迹

——新中国成立 75 周年生态环境保护成就综述

新中国成立 75 年来，我国不断深化对生态文明建设的规律性认识，促进人与自然和谐共生。特别是党的十八大以来，以习近平同志为核心的党中央把生态文明建设作为关系中华民族永续发展的根本大计，谋划开展一系列具有根本性、开创性、长远性的工作，我国生态文明之路越走越笃定、越走越宽广，在中华大地上不断书写新的绿色奇迹。

筑牢祖国生态安全屏障

2024 年夏天，山西省右玉县苍头河畔，红旗口村的 30 多亩集体林地里绿树成荫，前来露营的游客扎起帐篷，尽享绿色生态之美。

新中国成立初期，地处毛乌素沙漠边缘的右玉县林木绿化率不足 0.3%，群众饱受风沙之苦。70 多年来，右玉县干部群众持续不断植树造林，林木绿化率提高到 57%，将"不毛之地"变成"塞上绿洲"。昔日沙地不仅种出一片片绿荫，更"种"出了当地百姓的好日子。

★ 在内蒙古通辽市，科尔沁沙地正渐渐披上绿装。（新华社记者连振摄）

　　新中国成立之初，全国的森林覆盖率仅 8.6%，风沙肆虐、水土流失等影响群众生产生活。20 世纪 50 年代，党和国家十分重视绿化建设，号召"绿化祖国"。

　　1978 年，党中央、国务院作出在西北、华北、东北风沙危害和水土流失重点地区建设大型防护林的战略决策，历时 73 年分三个阶段八期工程进行，要在祖国北方建设一道绵亘万里的绿色长城。

　　40 多个寒来暑往，"三北"工程区累计完成造林 4.8 亿亩，治理退化草原 12.8 亿亩，森林覆盖率由 1978 年的 5.05% 提高到 13.84%，重点治理区实现了由"沙进人退"到"绿进沙退"的历史性转变。

　　同时，天然林保护工程、退耕还林还草工程等，让荒山披锦绣，沙漠变绿洲。

如今，我国在世界范围内率先实现了土地退化"零增长"，荒漠化土地和沙化土地面积"双减少"。我国森林覆盖率提高到24.02%，成为全球"增绿"的主力军。

75年来，人与自然的关系不断重塑，亿万人民为建设一个山川秀美的家园而不懈努力。

为便利孩子们利用暑假进行自然研学，广东省肇庆市鼎湖山国家级自然保护区2024年设置了一条"小小科学家成长之路"主题自然教育体验径和一条以"自然森林"为主题的自然教育探索径，让孩子们更加亲近自然、了解自然。

这个保护区设立于1956年，是我国第一个自然保护区，保存了大片原始森林，生物多样性得以保护。

新中国成立以来，我国逐步建立自然保护区、森林公园、风景名胜区、自然遗产、地质公园、海洋公园等各级各类自然保护地近万处。

进入新时代，我国持续推进生态系统保护修复，实施52个山水林田湖草沙一体化保护和修复工程，扎实开展国土绿化行动，推进长江十年禁渔，推进典型海洋生态系统保护修复。

推进以国家公园为主体的自然保护地体系建设，是以习近平同志为核心的党中央作出的重要部署。2013年党的十八届三中全会首次提出建立国家公园体制，如今我国正在建设全世界最大的国家公园体系。

目前，我国90%的陆地生态系统类型和74%的国家重点保护野生动植物种群得到有效保护，人与自然和谐相处，祖国生态安全屏障不断筑牢。

污染防治成效日益彰显

9月7日是"国际清洁空气蓝天日"。在今天的首都北京，人们发现随手一拍就能得到"美颜蓝""漫画云"。

近年来我国在改善空气质量方面取得的成绩，得到了国际社会的高度肯定。尤其是北京空气治理成效明显，被联合国环境署誉为"北京奇迹"。

回首来路，我国环境保护事业从新中国成立后开始孕育，20 世纪 70 年代正式拉开帷幕。1973 年，国务院召开第一次全国环境保护会议，生态环境保护开始摆上国家重要议事日程。

改革开放激发了发展活力，但我国经济高速发展取得巨大成就的同时，也积累了大量生态环境问题，一段时间内成为民生之患、民心之痛。

从确立保护环境为基本国策，到实施可持续发展战略，再到建设资源节约型和环境友好型社会，生态环境保护的战略地位不断提升。应对生态环境挑战，国家投入大量资金、科研力量，重点治理太湖、巢湖、滇池三大湖泊，大力治理酸雨等污染问题。

党的十八大以来，党中央带领亿万人民向污染宣战。

2013 年，"大气十条"——《大气污染防治行动计划》出台。中国成为全球第一个大规模开展 PM2.5 治理的发展中国家。

★ 2024 年 8 月 12 日北京天气晴好，游客从景山上拍摄远处的北海公园。（新华社记者李鑫摄）

在城市，公交车不再拖着"黑尾巴"，新能源汽车加速奔跑；在农村，北方地区数千万的家庭告别散煤取暖，用上更清洁的取暖方式；在工厂，超低排放改造让燃煤电厂更加清洁，建成世界规模最大的清洁燃煤发电基地……

经过持续攻坚，2023 年全国空气质量达标城市共 203 个，占比达到约六成。蓝天白云成为常态，我国成为全球空气质量改善速度最快的国家。

2022 年，全国环境污染治理投资总额达 9014 亿元，而 20 世纪 80 年代初期每年仅有 25 亿至 30 亿元。

河湖面貌实现根本性改善，地表水优良水质断面比例已接近发达国家水平。2023 年，长江干流连续 4 年、黄河干流连续 2 年全线水质保持 II 类。

土壤环境风险得到有效管控，家园更加健康美好。推进生活垃圾分类，提升城乡生活垃圾集中收集处理能力，减少化肥农药使用量，如期实现固体废物"零进口"目标。

天更蓝、水更清、地更净，生态环境质量持续改善，人民群众的获得感、幸福感和安全感不断增强。

生态环境保护政策制度体系不断完善

2024 年 9 月 10 日，国家公园法草案首次提请全国人大常委会会议审议。这是我国首次从国家层面针对国家公园专门立法。

法律制度，是守护绿水青山的重要力量。经过数十年的探索，中国特色社会主义生态环境保护法律体系和生态文明"四梁八柱"性质的制度体系基本形成。

从 1978 年首次将"国家保护环境和自然资源，防治污染和其他公害"写入宪法，到 1989 年环境保护法通过，生态环境保护工作逐步进入法治化轨道。

进入 21 世纪，国家颁布了一系列的环境保护法律、自然资源法、环境保护行政法规、环境保护部门规章和规范性文件、地方性环境法规和地方政府规章。

党的十八大以来，党中央要求用最严格制度最严密法治保护生态环境，生态环境保护政策制度体系不断完善。

制定修订环境保护法及 30 余部生态环境法律法规。特别是

2014 年修订的环境保护法，引入按日连续罚款、查封扣押、限产停产、行政拘留、公益诉讼等措施，被评为"史上最严"的环境保护法。如今，生态环境保护法律体系已经涵盖大气、水、土壤、噪声等污染防治领域以及长江、湿地、黑土地等重要生态系统和要素，生态环境法治体系得到完善。

印发实施《关于加快推进生态文明建设的意见》《生态文明体制改革总体方案》及几十项具体改革方案，逐步建立起自然资源资产产权制度、国土空间开发保护制度、空间规划体系、资源总量管理和全面节约制度、资源有偿使用和生态补偿制度、环境治理体系、环境治理和生态保护市场体系、生态文明绩效评价考核和责任追究制度等基础制度，生态文明"四梁八柱"性质的制度体系基本形成。

牢牢牵住责任制这个"牛鼻子"，建立实施生态文明建设目标评价考核、污染防治攻坚战成效考核、领导干部自然资源资产离任审计、河湖长制、林长制、生态环境损害责任终身追究、生态环境损害赔偿等制度，党委领导、政府主导、企业主体、社会组织和公众共同参与的责任体系更加严密健全，全党全国推进生态文明建设的自觉性主动性不断增强。

人不负青山，青山定不负人。党的二十届三中全会对深化生态文明体制改革作出重要部署。在以习近平同志为核心的党中央引领下，锚定美丽中国建设目标，锲而不舍、久久为功，我们必将书写出新的绿色奇迹。（记者高敬）

延伸阅读

筑牢绿色长城　守护祖国北疆
——"三北"工程的治沙奇迹

这是一道绵延不断的绿色长城——

西起新疆、东至黑龙江，"三北"防护林工程像绿色卫士一样阻挡着风沙的侵袭，守卫着我国北方辽阔的疆土。

1978 年，党中央、国务院作出在西北、华北、东北风沙危害和水土流失重点地区建设大型防护林的战略决策。40 多年来，这项工程见证着三北地区从黄沙漫天到绿意葱茏的沧桑巨变。

2023 年 6 月，习近平总书记在主持召开加强荒漠化综合防治和推进"三北"等重点生态工程建设座谈会时强调，努力创造新时代中国防沙治沙新奇迹。

在各地各部门的共同推动下，这道绿色长城正在不断延伸、加固，"绿富同兴"的美丽画卷在三北大地加速铺展。

从"沙进人退"到"绿进沙退"

秋高气爽的时节，走进地处黄河"几字弯"的内蒙古巴彦淖尔市临河区国营新华林场，满眼都是绿意，令人心旷神怡。

"这里变化太大了！"林场退休职工贾克明感慨地说。60 多年前，这片"生态氧吧"还是沙滩、荒滩、碱滩。"一年一场风，从春刮到冬，风沙打人疼，黄土能埋人"，是那时的真实写照。

为了阻止风沙对河套平原的不断侵蚀，1960 年国营新华林场正式成立。随着"三北"工程建设启动，这个林场正式吹响大规模治沙造林的冲锋号。

"最初是真难。比起生活环境恶劣，冒着严寒酷暑种下的树苗经常一夜间被风沙埋掉，更让人难受。"贾克明说。在信念支撑下，他和同事们白天黑夜地在沙地里挖坑、栽树、浇水，"那时候全靠人力，一次栽不活就接着再栽，反复多次直到种活为止"。

常年与风沙"搏斗"，林场工人们逐渐摸索出以林挡沙、以草固沙等治理模式，树苗成活率越来越高，治沙成效也越来越好。

新华林场的环境变迁是一代代沙区人民艰苦治沙、绿化家园的缩影。

近半个世纪以来，随着"三北"工程持续推进，工程区森林覆盖率由 5.05% 增长到 13.84%，重点治理区实现了由"沙进人退"到"绿进沙退"的历史性转变。

自 2023 年 6 月以来，各地各部门加速攻坚推动荒漠化防治进程。陕甘蒙宁四省区五地共同签订《毛乌素沙地区域联防联治合作协议》，顺利推进了省际林草带断档盲点的治理。仅一年多时间，"三北"工程攻坚战完成造林种草 4000 多万亩。

坚持科学治沙、系统治理

从万米高空俯瞰，在腾格里沙漠边缘，青土湖宛如镶嵌在黄沙中的一块翡翠，与蓝天交相辉映。

很难想象，这片水草丰茂之地，曾经干涸了半个多世纪！当地居民回忆起 20 世纪 60 年代，青土湖干涸后，那里更加风沙肆虐，湖边的村庄"沙上墙、驴上房、地撂荒"。

更令人担忧的是，青土湖的干涸使巴丹吉林沙漠和腾格里沙漠呈现合围之势，形成了 13 公里的风沙线，以每年 3 米到 5 米的速度向甘肃民勤绿洲逼近，成为民勤北部最大的风沙口。

2007 年，国务院批复正式启动石羊河流域重点治理。高效节水、固沙造林、生态输水、荒漠植被修复等一系列措施落地见效，让青土湖这个"沙漠之湖"重现碧波，成功阻挡了腾格里、巴丹吉林两大沙漠"握手"。

近年来，我国坚持科学治沙，因地制宜、科学推广行之有效的治理模式，并坚持系统观念，扎实推进山水林田湖草沙一体化保护和系统治理。

从引进沙木蓼、四翅滨藜等苗木新品种提升荒漠生态系统质量和稳定性，到运用刷状网绳式草方格沙障技术提高效率，再到沙障铺设机、无人机、全地形运输车等一批先进适用的防沙治沙机械装备集中亮相，科学治沙正让"三北"工程这道绿色长城更加坚牢。

走既治沙又致富的绿色发展之路

2024 年"十一"假期，在腾格里沙漠东南缘的宁夏中卫市沙坡头，沙漠旅游深受欢迎。游客白天体验大漠滑沙、黄河飞索、沙漠越野等项目，夜宿沙漠酒店赏星汉灿烂……

"没有治沙，就没有沙坡头景区。"沙坡头旅游景区 60 岁的驼工刘生军，每日牵着满载游客的驼队在沙丘间行走，这个旅游季还没结束就已经挣了 10 万元，"过去这是想都不敢想的天文数字！"

沙坡头，因流动沙丘高达百米而闻名，曾是我国受风沙危害最严重的地区之一。半个多世纪来，中卫市一代代治沙人坚持不懈固沙植绿，累计治理沙漠 150 万亩。随着漫天黄沙的威胁远去，这座沙漠小城开始利用独特的沙漠资源发展旅游，2023 年接待游客突破 1500 万人次，旅游收入超过 88 亿元。

不只是沙坡头，近年来越来越多的沙区在科学治沙的同时，将防沙治沙成效与产业发展、群众增收紧密结合，逐渐走出一条绿色、清洁、低碳的高质量发展新路。

邻近科尔沁沙地南缘的辽宁彰武县，推出光伏治沙项目，构建"板上发电、板下修复、板间种植"的农牧交错带生态治理体系。

在新疆阿克苏地区柯柯牙，当地政府推行以林果业为主的"谁建设、谁管护、谁投资、谁受益"荒漠绿化造林模式，在防护林网中套种苹果、核桃、红枣等经济林，延续生态成果。

绿色长城矗立在北疆，生态文明的种子根植在人们心里。

在习近平生态文明思想的指引下，"三北"工程攻坚战深入推进。未来，这将是一道更加坚固的绿色长城，更是一条永续发展的生态文明之路。（记者胡璐、侯雪静、马丽娟、李云平、程楠）

用心守护亿万人民健康福祉

——新中国成立 75 周年卫生健康事业发展综述

75 年，见证一个民族如何彻底甩下"东亚病夫"的帽子，记录一个国家的卫生健康事业怎样实现历史性跃升。

新中国成立以来，在中国共产党的坚强领导下，我国着力构建覆盖全民的基本医疗卫生制度，用相对较少的投入解决了全世界约六分之一人口的基本看病就医问题。新时代新征程，以习近平同志为核心的党中央坚持以人民健康为中心，实施健康优先发展战略，进一步推动 14 亿多人共建共享健康中国。

重要指标齐改善　健康事业实现历史跨越

2024 年 8 月底公布的最新统计数据显示，我国人均预期寿命达到 78.6 岁，相比 1949 年的 35 岁，增长了一倍还多。这样的增速，与世界上一些高收入国家相比也毫不逊色。

人均预期寿命是衡量一个国家卫生健康事业进步的重要指标，其大幅增长集中体现了 75 年来中国人民健康水平的提升。

新中国成立以来，我国卫生健康事业发生了翻天覆地的变化。

特别是党的十八大以来，以习近平同志为核心的党中央把维护人民健康摆在更加突出的位置，不断引领卫生健康事业实现全方位进步、取得历史性成就。

一组组数据，标注着人类历史少有的健康飞跃。

新中国成立前，全国孕产妇死亡率高达 1500/10 万，生娃如过"鬼门关"；婴儿死亡率高达 200‰，五分之一的宝宝在襁褓中就已夭折。大江南北，疫病横行，人民体质普遍羸弱。

到 2023 年，全国孕产妇死亡率降至 15.1/10 万，婴儿死亡率降至 4.5‰，均呈数量级的下降。数十年里，从消灭天花，到消除脊髓灰质炎、疟疾，我国陆续击退多个肆虐千年的重大传染病。居民主要健康指标已居于中高收入国家前列，世界最大基本医疗保障网覆盖超过 13 亿人。

一个个案例，书写下世界卫生发展的崭新篇章。

从赤脚医生到全科医生；从新中国成立之初的"农村改厕"，到新时代的"厕所革命"；从"全党动员，全民动员，消灭血吸虫病"的号召，到"全社会都要行动起来，共同呵护好孩子的眼睛"的指示；从"以治病为中心"，到"以人民健康为中心"……我国逐步走出一条符合国情的卫生健康发展道路。

90% 的家庭 15 分钟内能够到达最近的医疗点；相关专科的跨省就医人数明显下降；推动"看大病在本省解决，一般的病在市县解决，日常的头疼脑热在乡村解决"……群众对病有所医的期盼，正转化为实实在在的健康获得感。

人民健康是社会主义现代化的重要标志。

75 年风雨无阻，我国卫生健康事业走过不平凡的历程，14 亿多人民的健康水平显著提高，为实现中华民族伟大复兴的中国梦进一步筑牢健康根基。

织起健康守护网　卫生改革发展不断向前

咳、喘、气短……常见于中老年人的慢阻肺病，近日被纳入国家基本公共卫生服务项目。与儿童预防接种、农村妇女"两癌"检查等项目一样，这个慢性病的患者健康服务也有了政府兜底保障。

基本公共卫生服务"版本"升级，是我国医疗卫生体系不断进步的缩影。

新中国成立 75 年来，针对不同时期人民健康的主要影响因素和人民关切，我国不断推进卫生改革发展。特别是党的十八大以来，以习近平同志为核心的党中央不断完善人民健康促进政策，改革发展迈上新台阶。

努力让群众"少得病、不得病"，公共卫生"防护网"越发紧密——

将疟疾感染病例由新中国成立之前的 3000 万减少至如今的零，麻疹、乙脑等疫苗可预防的传染病发病率持续下降，结核病死亡率降至发达国家水平……75 年来，我国成功控制或消除了一批威胁人民健康的重大疾病。

建成全球规模最大的传染病网络直报系统；大力推进实施癌症、心血管疾病等重大慢性病早期筛查和早诊早治项目；成立国家疾病预防控制局，疾控机构职能从单纯预防控制疾病向全面维护和促进全人群健康转变……近年来，传染病、慢性病、职业病、地方病防控更有效有力。

努力让群众"看上病、看好病"，医疗"服务网"越发完善——

新中国成立初期，我国每千人口医疗卫生机构床位数仅有 0.27 张、每千人口执业（助理）医师数仅有 0.67 人，到 2023 年已经增长至 7.23 张和 3.40 人，分别是此前的约 26 倍和 5 倍，医疗卫生服务体系不断健全。

村村有医务室、乡乡有卫生院；组建各种形式的医联体 1.8 万余个，92% 的县级医院达到二级及以上医院医疗服务能力；在全国建设 13 个类别的国家医学中心，在 29 个省份开展 125 个国家区域医疗中心建设项目……2023 年，全国医疗卫生机构总诊疗人次 95.5 亿，各级各类医疗卫生机构诊疗能力比 2012 年提升近四成，服务流程不断优化，医疗质量也不断提高。

努力让群众"看得起病"，医疗"保障网"越发广覆盖——

从无到有，一张惠及约 13.34 亿人的基本医疗保障网全面建立，通过基本医保、大病保险、医疗救助三重保障制度，最大限度让群众告别"小病拖、大病扛"。

党的十八大以来，城乡居民基本医保人均财政补助标准由 2012 年的 240 元提高到 2024 年的 670 元，居民个人卫生支出占比由 2012 年的 34.34% 下降至 2023 年的 27.3%，374 种国家集中带量采购药品平均降价超过 50%……

打好疾病攻坚战，织起健康守护网。

积极推进医疗服务、医疗保障和公共卫生等各项工作，我国卫生改革发展为人民健康改善提供了强有力保障，中国特色卫生健康发展之路越走越宽广。

创新步履不停　健康中国迈向更高水平

曾经凶险无比，如今生存率极大提高。针对急性早幼粒细胞白血病的"上海方案"，挽救了全球数以万计的患者生命。

跨越几十年，"共和国勋章"获得者、瑞金医院终身教授王振义带领团队完成这段"寻药之旅"，见证了新中国致力于让亿万人民过上美好生活的健康之路。

新中国成立 75 年来，我国卫生健康事业发展坚持以人民为中心，坚持以基层为重点、预防为主、中西医并重，坚持全民参与、共建共享。特别是党的十八大以来，以习近平同志为核心的党中央作出重大决策部署，开启了健康中国建设新征程。

——这是医学科技创新步履不停的 75 年。

新中国成立以来，我国先后实现了首次分离沙眼衣原体、进行世界第一例断肢再植手术、成功研制抗疟新药青蒿素。

近年来，我国推进重大新药创制和传染病防治重大科技专项，取得手足口病疫苗、小分子靶向新药等一批创新成果，CT、ECMO（体外膜肺氧合）、核磁共振等医疗设备开始实现国产化，一批国家医学中心、临床医学研究中心创建，我们与发达国家的差距快速缩小。

——这是持续推进中医药传承创新的 75 年。

"一根针、一把草"，中医药具有"简便验廉"的特色优势。

新中国成立初期，就把"团结中西医"作为卫生工作方针的重要内容之一。

已有 3000 多项中医药标准，基本建立中医药标准体系框架；各地普遍设立中医院校，建立系统的中医药人才培养体系；从丸、散、膏、丹到滴丸、片剂、胶囊，中药生产工艺水平快速提升……如今，优质高效的中医药服务体系基本建成。2023 年，各地已设置中医馆 4 万余个，基本实现社区卫生服务中心、乡镇卫生院全覆盖。

——这是不断促进人口高质量发展的 75 年。

从 5.4 亿到 14 亿多，我国人口总量增长的同时，人口素质显著提升，为经济社会持续健康发展注入了强大活力。

面对少子化、老龄化、区域人口增减分化的新形势，我国逐步完善生育支持政策体系和老龄政策法规体系，推动建设生育友好型社会，促进人口高质量发展。如今，在全国城乡社区获得健康管理服务的 65 岁及以上老年人超过一亿，婴幼儿托位数达到 477 万个，政策持续保障"一老一小"权益。

——这是协力构建人类卫生健康共同体的 75 年。

自 1963 年起累计向 70 余个国家和地区派遣医疗队员约 3 万人次，诊治患者约 3 亿人次；以青蒿素为基础的联合疗法在过去 20 多年间被广泛用于治疗疟疾，拯救了全球数百万人的生命……我国努力为世界提供医疗卫生"公共产品"。

作为世界卫生组织的创始国之一，我国积极参与全球健康议程设定和规则制订，2013 年以来，在世界卫生大会提出"传统医学""获得基本药物"等多项决议并获得通过……我国为推动构建人类卫生健康共同体持续贡献"中国智慧""中国力量"。

75 年沧桑巨变，75 年砥砺前行。

站在新起点，在以习近平同志为核心的党中央坚强领导下，2035 年建成健康中国的目标必将如期实现，这为 14 亿多人民带来更多健康福祉，为中国式现代化奠定更坚实的健康之基。（记者董瑞丰、田晓航、李恒）

 延伸阅读

优质医疗资源送到群众"家门口"

——河北推进紧密型县域医共体建设观察

"有县医院大夫在乡镇卫生院坐诊，省去我们来回赶路的辛苦，在家门口就能享受县级医院的医疗服务。"日前，在河北省廊坊市固安县东湾镇卫生院的专家诊室，来自固安县中医院的副主任医师吕光正在为患者王友梅检查膝盖的恢复情况。

前段时间，王友梅膝盖出现不适，走路不便。正在东湾镇坐诊的吕光接诊后，诊断患者为膝关节积液。经过吃药并配合其他治疗，病情明显减轻。

★ 河北省保定市易县良岗卫生院医护人员入户巡诊。（受访对象供图）

东湾镇卫生院是固安县总医院成员单位之一。"县里成立了医疗集团管理委员会、组建固安县总医院，将县人民医院、县中医院、14 家乡镇卫生院及 487 所村卫生室全部纳入其中，实行人财物统一管理，明确各级医疗机构功能定位，做到错位发展、协同发展。"固安县中医院相关负责人说。

这是河北省推进紧密型县域医共体建设的一个缩影。从 2019 年 12 个紧密型县域医共体国家试点县（市、区），到 2022 年 51 个省级重点推进县（市、区），再到 2023 年全面推开，近年来，河北省紧密型县域医共体建设不断推向深入。

"2024 年 3 月，我们印发相关文件，明确了深化紧密型县域医共体建设的具体任务和工作要求。各县（市、区）要全面整合县域医疗卫生资源，由综合实力最强的县级医院牵头，组建 1 至 2 个医共体，覆盖辖区内所有乡镇卫生院和社区卫生服务中心。"河北省卫健委医改处处长李斌斌说。截至目前，河北全省符合条件的 140 个县（市、区）共组建 201 个医共体，覆盖 1812 个乡镇卫生院和 95 个社区卫生服务中心。2023 年医共体内县级医疗机构向乡镇卫生院派驻管理人员 2.25 万人次、专业技术人员 10.28 万人次。

"刘阿姨，这次检查各项指标都正常，您按时吃药，按时复查就可以了。"在承德市承德县满杖子乡卫生院，前来开展帮扶的承德县医院心血管内科医生、副主任医师胡小政正在为患者进行诊疗。2024 年 4 月，胡小政开始在满杖子乡卫生院看诊，挂职副院长，他还带来了每月一次的各科室专家团，让老百姓在家门口挂上"专家号"。

★ 承德县医院心血管内科医生、副主任医师胡小政在为患者进行诊疗。（受访对象供图）

　　紧密型县域医共体建设不仅让群众看病有"医"靠，还让他们看病更方便。医疗资源下沉的不仅是医疗专家、专业医护人员，还有远程诊疗、乡村卫生健康服务一体化管理。

　　"大夫，我最近老是憋气胸闷，您给开个检查看看，到底是咋回事？"84 岁的李华在家人陪同下来到丰宁满族自治县黑山嘴镇中心卫生院，接诊医生高兴阁了解情况后，为患者开具了 DR 检查单。检查后，影像直接上传到了丰宁满族自治县医院医共体影像中心，被中心主任郭军接收。

　　黑山嘴镇距离丰宁县城 50 多公里，偏远的山村到县城距离更远，群众就医相对不便。医共体成立后，很多患者的检查结果可以直接上传到县里大医院，大大提高了医疗服务的效率和质量。

县域医共体强起来、壮起来，群众健康才能真正得到保障。其中，对慢病患者的精准管理是一项重要工作。

"你没精神多久了？""好几年了。""平时吃什么药？""就吃几颗止疼片，有时候晕，我就躺一会儿。""你这是得了糖尿病和高血压了，需要吃药控制。"这是今年张家口市康保县"百次健康大筛查"活动中，县医院医生与张纪镇 65 岁村民张富林的对话。

为精准掌握慢病患者情况，2023 年 12 月康保县依托紧密型县域医共体建设平台，组建张家口首家县域慢病管理中心。联合各乡镇、各村，针对高血压、糖尿病、冠心病等六种慢性病开展"百次健康知识大讲堂""百次健康大筛查"活动。被筛查出来的患者信息全部生成电子病历，上传到慢病管理中心。

"我的身体状况，县医院比我知道得都清楚。"张富林说。

随着河北县域医共体建设的不断推进，不同层级医疗机构的资源和功能不断整合，多地探索出更多打通群众看病"最后一公里"的新举措。

下花园区为解决基层医疗机构药品资源不足、患者购药不便难题，依托区医院中心药房，创新推出医共体"共享药房"新模式；易县医疗卫生集团创建 1 个急救中心、5 个急救站、24 个急救点位的"三布局"急救体系，为患者搭建起生命绿色通道；怀来县开展北京名医基层培训项目，培训基层医务人员 210 人次，有效提高乡村医务人员诊疗能力……幸福网越织越密，正大大增强群众的健康获得感。（记者秦婧）

画好团结奋进最大同心圆

——新中国成立 75 周年人民政协事业发展成就综述

"75 年来，在中国共产党领导下，人民政协始终坚持团结和民主两大主题，服务党和国家中心任务，在各个历史时期都做了大量卓有成效的工作，发挥了十分重要的作用。"2024 年 9 月 20 日，在庆祝中国人民政治协商会议成立 75 周年大会上，习近平总书记发表重要讲话，为新时代新征程人民政协事业高质量发展指明了前进方向、提供了根本遵循。

2024 年是新中国成立 75 周年，也是人民政协成立 75 周年。中共十八大以来，以习近平同志为核心的中共中央持续推进人民政协实践创新、理论创新、制度创新，新时代人民政协事业不断开创新局面。

中国共产党的领导是人民政协事业发展进步的根本保证

2019 年 9 月 20 日，北京全国政协礼堂，中央政协工作会议暨庆祝中国人民政治协商会议成立 70 周年大会召开。以中共中央名义召开政协工作会议，在中国共产党的历史、人民政协历史上是第一次。

习近平总书记在会上强调："中国共产党的领导是包括各民主党派、各团体、各民族、各阶层、各界人士在内的全体中国人民的共同选择，是成立政协时的初心所在，是人民政协事业发展进步的根本保证。"

铿锵的话语，让人们回忆起那段峥嵘岁月——

1948 年，中共中央发布"五一口号"，提出召开政治协商会议、成立民主联合政府的主张，得到各民主党派、无党派人士和社会各界热烈响应。1949 年 9 月，中国人民政治协商会议第一届全体会议召开，标志着中国共产党领导的多党合作和政治协商制度正式确立，开启了人民政协和共和国风雨同舟、携手奋进的光辉历程。

75 年来，在中国共产党领导下，人民政协积极投身建立新中国、

★ 2024 年 2 月 27 日拍摄的全国两会新闻中心。（新华社记者李鑫摄）

建设新中国、探索改革路、实现中国梦的伟大实践，走过了辉煌历程。

历史波澜壮阔，初心始终如一。

2018 年 6 月，全国政协系统首次召开党的建设工作座谈会。这成为新时代全国政协坚持和加强中国共产党领导的缩影。

人民政协事业要沿着正确方向发展，就必须毫不动摇坚持中国共产党的领导。

2018 年，"中国共产党领导是中国特色社会主义最本质的特征"被写入宪法；同年，政协章程修改将"坚持中国共产党领导"列为人民政协的首要工作原则。全国政协认真贯彻《关于加强新时代人民政协党的建设工作的若干意见》，制定完善落实党对人民政协工作全面领导的制度、中共中央重大决策部署和习近平总书记重要指示批示贯彻落实的督查机制等，实现政协党的组织对党员委员全覆盖、政协党的工作对政协委员全覆盖等。

在党旗引领下，人民政协坚持以习近平新时代中国特色社会主义思想为指导，学深悟透习近平总书记关于加强和改进人民政协工作的重要思想，把坚持中国共产党的领导贯穿到政协全部工作之中，切实落实党中央对人民政协工作的各项要求。

以党的领导为圆心，画好最大同心圆。

2021 年 10 月，纪念辛亥革命 110 周年大会在北京隆重举行，激励海内外全体中华儿女心往一处想、劲往一处使，为实现中华民族伟大复兴团结奋进。

新时代的人民政协，坚持大团结大联合，不断巩固团结奋斗的共同思想政治基础，汇聚起推进强国建设、民族复兴伟业的强大力量。

社会主义协商民主广泛多层制度化发展

"如何有效壮大村级集体经济""网红村如何将短期互联网'流量'转化为经济'增量'"……2024 年 8 月 16 日，浙江义乌市政协围绕深化新时代"千万工程"，举行"请你来协商"活动，以面对面开展专题协商的形式，努力把"群众想做的事"和"政府能做的事"结合起来。

商以求同，协以成事。

新时代以来，人民政协坚持发挥作为专门协商机构作用，践行人民民主的真谛。

丰富协商形式——

★ 2019 年 11 月 16 日，全国政协机关举办第一次公众开放日活动，约 200 名高校师生、街道工作人员、退休干部、居民代表等参加。（新华社记者岳月伟摄）

2013 年 10 月 22 日，全国政协召开首次双周协商座谈会。双周协商座谈会，是在继承双周座谈会历史传统基础上创设的新的协商形式。

在继承中发展、在守正中创新。新时代的双周协商座谈会聚焦社会各界关心的热点话题，坦诚交流、广泛协商，成为人民政协推进社会主义协商民主的创新实践。

如今，全国政协形成以全体会议为龙头，以专题议政性常委会会议和专题协商会为重点，以双周协商座谈会、远程协商会、专家协商会、对口协商会、提案办理协商会等为常态的协商议政格局。

拓展协商内容——

2015 年，中共中央办公厅印发《关于加强人民政协协商民主建设的实施意见》，明确"鼓励各级政协根据形势发展，围绕党和国家中心工作，结合实际丰富协商内容，拓宽协商范围"。

在实践中，人民政协精心选择协商议题，协商范围由过去主要集中在经济和社会领域，拓展到涵盖"五位一体"总体布局和"四个全面"战略布局的各个方面。

同时，全国政协探索出通过制定年度协商计划确定重点协商议题的办法，形成协商计划草案，报请中共中央同意后实施。

健全制度机制——

发挥人民政协专门协商机构作用，需要完善制度机制。

历史上，从人民政协制度正式确立，到把中国共产党领导的多党合作和政治协商制度确立为我国的一项基本政治制度，伴随制度机制的健全完善，协商民主的活力不断释放。

进入新时代，中共中央先后制定出台《关于加强人民政协协商民主建设的实施意见》《关于新时代加强和改进人民政协工作的意见》《中国共产党政治协商工作条例》等一系列制度文件，为加强党对政协工作的全面领导提供有力制度保障。

建立健全全国政协主席会议向常务委员会会议报告工作、全国政协常委提交年度履职报告等制度，修订《中国人民政治协商会议全国委员会提案工作条例》……全国政协的一系列举措，推动协商民主制度化、规范化、程序化水平不断提升。

在探索与实践中，社会主义协商民主广泛多层制度化发展，形成中国特色协商民主体系。

强化责任担当为民族复兴贡献更大力量

中共二十届三中全会擘画了进一步全面深化改革、推进中国式现代化的宏伟蓝图。面向未来，越是接近目标，越是形势复杂，越是任务艰巨，越要大力推进人民政协工作，为全面建设社会主义现代化国家凝心聚力。

聚焦党和国家中心任务履职尽责——

2023 年 3 月，全国政协十四届一次会议上，新增设的环境资源界别首次亮相。这是全国政协自 1993 年增设经济界别以来，首次增加新的界别。

履职以来，环境资源界委员们结合专长，聚焦美丽中国建设这个"国之大者"积极建言献策，2023 年共提交提案 160 余件，报送社情民意信息200余条。

从投身建立新中国到建设新中国，从为全面建成小康社会献计出力，到围绕"十四五"规划制定实施建言献策，人民政协始终发扬优良传统、牢记政治责任，围绕不同历史时期党和国家中心任务作出了重要贡献。

坚持履职为民强化责任担当——

2023年，全国政协创新开展委员履职"服务为民"活动，向广大委员发出倡议并搭建平台，积极回应民之关切、反映社情民意、解决急难愁盼问题，成为新时代人民政协履职为民的生动实践。

植根人民、心系民生。一份份提案建议、一场场协商议政、一次次视察调研，凝聚着广大政协委员的心血与智慧，协助党和政府增进人民福祉，不断擦亮"人民至上"的鲜明底色。

以改革创新精神推进履职能力建设——

2023年5月30日，全国政协和机关举办十四届全国政协新任委员学习研讨班。为期三天的研讨班，成为鲜活的"履职通识课"，推进委员队伍建设。

建设一支懂政协、会协商、善议政，守纪律、讲规矩、重品行的政协委员队伍，是人民政协高质量履职的重要保障。

按照习近平总书记的要求，广大政协委员珍视政治身份，锤炼政治品格，提高政治能力，强化使命和责任担当，自觉投身凝心聚力、决策咨询、协商民主、国家治理第一线的具体实践。

人民政协创造了辉煌的历史，也必将创造更加辉煌的未来。

踏上新征程，人民政协将更加紧密地团结在以习近平同志为核心的中共中央周围，广泛凝聚人心、共识、智慧、力量，着力寻求最大公约数、画出最大同心圆，为以中国式现代化全面推进强国建设、民族复兴伟业作出新的更大贡献。（记者范思翔）

延伸阅读

同心聚力铸伟业
——全国政协十四届二次会议巡礼

当历史的指针指向 2024 年，人民政协迎来又一个重要节点——

2024 年是新中国成立 75 周年，也是人民政协成立 75 周年。全国政协十四届二次会议胜利召开，标注新时代新征程上又一次新的出发。

这次政协大会自 2024 年 3 月 4 日开幕以来，来自 34 个界别的 2000 多名政协委员深入协商议政、广泛凝聚共识，寻求最大公约数、画出最大同心圆，凝聚起推进强国建设、民族复兴伟业的磅礴力量。

同心同行谱新篇

2024 年 3 月 6 日下午，北京友谊宾馆聚英厅，灯光璀璨，热烈的掌声不断响起。

习近平总书记亲切看望参加全国政协十四届二次会议的民革、科技界、环境资源界委员并参加联组会，听取大家的意见和建议。

"十几年来，每年同政协委员一起见面座谈。"总书记的深情回忆，温暖着在场的政协委员。

"成绩来之不易，这是全国各族人民团结一致、顽强拼搏的结果，也凝聚着广大政协委员的心血和智慧"；

"关于今年工作，中共中央已经作出部署，关键在于抓好落实"；

"人民政协各党派、各团体、各族各界各方面人士要围绕中共二十大提出的重大战略任务和中央经济工作会议部署，深入调查研究，积极建言资政，广泛凝聚共识，助力中国式现代化建设"；

……

习近平总书记深远的谋划、深情的嘱托，令广大政协委员倍感振奋，前进的方向更加明晰、履职的步伐更加坚定。

以团结凝聚力量，以奋斗铸就伟业。

2023 年是十四届全国政协履职的开局之年。坚持在党和国家工作大局中谋划推进政协工作，守正创新、团结奋进，人民政协各项工作取得新成效，服务党和国家事业发展作出新贡献。

"全国政协自觉把坚持中国共产党全面领导和党中央集中统一领导贯穿到人民政协全部工作之中，广大政协委员紧紧围绕中共中央的各项决策部署进行调查研究、建言资政。"中国文联副主席许江委员说。

2024 年 3 月 4 日下午，人民大会堂大礼堂。

大会开幕会上，全国政协主席王沪宁代表政协第十四届全国委员会常务委员会，向大会报告工作。

"建立'第一议题'制度，全国政协党组会议、主席会议传达学习贯彻习近平总书记最新重要讲话和重要指示批示精神 19 次、182 篇"；

"坚持调研于协商之前，贯彻中共中央大兴调查研究要求，制定加强和改进调查研究工作意见"；

"创新开展委员履职'服务为民'活动，创办'委员科学讲堂'，开展'科普万里行'活动"；

......

一个个数字、一项项成绩，彰显过去一年人民政协认真贯彻落实中共中央决策部署，聚焦新时代新征程的使命任务，持续深化专门协商机构建设，不断提升政协工作质量和水平。

为国履职、为民尽责。

审议全国政协常委会工作报告和提案工作情况报告，讨论政府工作报告、计划报告、预算报告、国务院组织法修订草案、"两高"工作报告……大会期间，委员们认真履行职责使命，建管用之言、献务实之策。

"我要继续扎根专业领域，更紧密地将政协平台优势和本职工作结合起来，不断提升履职能力。"中国科学院院士周忠和委员说。

群策群力谋发展

聚光灯下、快门声中，"委员通道"引来万千关注。

"我国成为全球唯一同时运行黎明、上午、下午、倾斜四条近地轨道气象卫星的国家"；

"'奋斗者'号四年来完成了230多次下潜，其中深度超过万米的达25次，32人到达万米海底开展作业"；

"我们团队的目标更加明确，要培育适应海拔3800米以上地区种植的耐寒、早熟冬青稞新品种，探索不同生态区最佳的复种模式"；

······

上天、入海、登山，志之所趋，无远弗届。一场场"委员通道"，铭记梦想、见证力量、彰显担当。

连日来，广大委员话成就、讲经验、出实招，以高水平建言助力高质量发展，积极投身推进中国式现代化的伟大实践。

胸怀"国之大者"、心系民之关切，精心精细打磨提案——

"饭碗一起端、责任一起扛""把粮食产业利益留在产区、留给当地农民""共谋一碗粮、共抓一块田"······

会议召开期间，一件聚焦建立粮食产销区省际横向利益补偿机制的千字提案受到关注。

提案从明确政策目标、科学设计实现形式、合理确定补偿标准等方面提出建议，聚力破解事关国计民生的重大共性问题。

教育、医疗、就业、环保······委员们围绕中心、服务大局，深入调研，以一件件精准度更优、含金量更高、普惠面更广的提案，积极履职尽责。

瞄准痛点难点、坚持靶向施治，用心用情做好发言——

"更好地满足失能老人的护理需求、减轻家人负担、提高老人生活质量已成为我国养老服务体系亟待解决的突出问题"；

"形成'平台预警、部门报到、精准解纷、全链共治'的解纷机制，实现过程有通知、结果有反馈、疑难有解释的闭环服务"；

"鼓励社会力量参与普惠托育服务建设，使广大婴幼儿家庭享受到'托得起、托得到、托得好'的照护服务"；

······

两场大会发言，28 位委员走上讲台，直面问题、直陈要义，为经济社会发展献计出力。

充分表达意见、广泛凝聚共识，高质高效协商互动——

2024 年 3 月 7 日下午，华北宾馆，一场聚焦青少年心理健康的界别协商会议，持续了三个小时。

"保护未成年人心理健康方面的法律法规有待进一步完善""要提升教师的心理健康教育素养，建立校家社协同育人常态化联动机制"……来自教育界的 14 位委员接连发言。

讲问题直言不讳，献良策求真务实。

"委员们提到的网络沉迷等问题，具有很强的针对性，也是我们工作中非常重视的问题。"到会听取意见的中央网信办负责同志表示，中央网信办将持续开展青少年群体心理健康网上引导。

商以求同，协以成事。

会议期间，中央领导同志到现场听取大会发言，参加委员联组讨论；

中共中央、国务院有关部门和单位负责同志应邀列席旁听开幕会和大会发言 86 人次；

举行 8 场界别协商会议，30 位中央和国家机关有关单位的负责同志参会，听取委员意见建议，通报有关情况，并与委员协商交流；

……

密集的日程中，涌动着社会主义协商民主的澎湃春潮；丰富的实践里，彰显出新时代人民政协事业的蓬勃生机。

奋发奋进向未来

2024 年是实现"十四五"规划目标任务的关键一年。关键之年当有关键之为，人民政协使命光荣、责任重大。

坚定信心，鼓足发展干劲——

今年以来，随着旅游市场持续回暖，厦门航空公司旅客运输实现"开门红"。

"民航业稳步恢复，正是中国经济回升向好的生动写照。"厦门航空董事长赵东委员说，今年两会上带来了"提升飞机运行效率，让旅客出行更加顺畅"的相关提案，今后将继续紧扣民航业高质量发展履职建言、献计出力，更好服务党和国家发展大局。

面对困难，信心比黄金更重要；战胜挑战，提振信心是关键。

"中国经济长期向好，这是毋庸置疑的。"南方科技大学副校长金李委员说，在日后的履职中，将重点协助党和政府做好宣传政策、解疑释惑工作，助力提振经济社会发展信心。

攻坚克难，传递奋进力量——

发展新质生产力是推动高质量发展的内在要求和重要着力点，也是中国科学院高能物理研究所研究员孙志嘉委员的调研重点。

"作为科研工作者，我们一定要立足新一轮科技革命和产业变革的时代背景，明确发展新质生产力主攻方向，进一步推动原创性、颠覆性创新成果产出。"孙志嘉委员说。

2024 年，是全面深化改革又一个重要年份。

中国华电董事长江毅委员说："我们将抓好新一轮国企改革深

化提升行动各项'硬任务'，健全创新体制，打造新增长极，为中国式现代化建设提供坚强能源保障。"

履职尽责，扛起"政协担当"——

提案撰写过程中，几易其稿；和相关从业者交流，了解最新情况……民革上海市委会副主委李国华委员长期关注"一老一小"问题。

"新的一年，我将继续就加快推进老年食堂建设、幼儿园保教一体建设等扎实调研，让意见建议更好反映人民呼声、回应群众期待。"李国华委员说。

加快实现高水平科技自立自强，是推动高质量发展的必由之路。

"我将继续关注深化产学研合作，努力提出更多更有价值的意见建议，助力推动科技成果转化落地，加快建设现代化产业体系。"中国工程院院士许唯临委员说。

坚守"政协初心"、突出"政协优势"、展现"政协风采"，政协委员们必将交出更为精彩的履职答卷。

江山展新颜，奋进正当时。

在以习近平同志为核心的中共中央坚强领导下，发扬优良传统，牢记政治责任，人民政协必将在新征程上谱写新的时代华章、创造新的历史伟业。（记者林晖、丁小溪、王鹏、魏玉坤）

为经济社会发展大局提供有力金融支撑

——新中国成立 75 周年金融业发展成就综述

金融是国之重器。新中国成立 75 年来，我国金融业始终坚持以人民为中心，服务经济建设和社会发展大局，取得了历史性成就。党的十八大以来，在以习近平同志为核心的党中央坚强领导下，我国坚定不移走好中国特色金融发展之路，持续推动金融事业高质量发展，金融业综合实力进一步增强，服务经济社会发展能力不断提升，中国正从金融大国向着金融强国奋力前行。

金融综合实力大幅提升

2024 年 7 月，英国《银行家》杂志发布的 2024 年度全球银行 1000 强榜单中，按照一级资本排名，工商银行、建设银行、农业银行、中国银行位列前四。这是国有四大行连续 7 年包揽该榜单前四名。中资银行在排名前十的银行中已占据超一半席位。

金融机构快速攀升的资产总量，是中国金融业 75 年来蓬勃发展的一个缩影。

回望来路，20 世纪 50 年代至 70 年代，长期只有中国人民银行一家机构。随着党的十一届三中全会的召开，金融业改革发展大幕正式拉开，金融业迎来大发展大繁荣时期。党的十八大以来，我国持续深化金融供给侧结构性改革，稳步扩大金融开放，统筹发展与安全，金融业迈向高质量发展新阶段。

75年来，中国金融业规模连连攀升。

改革开放初期的1978年，我国银行业资产总量不过数千亿元。2011年，我国银行业金融机构总资产突破100万亿元。党的十八大以来，金融业资产规模增长驶上"快车道"，2022年超过400万亿元，2024年二季度末已超480万亿元。

银行业总资产全球第一、外汇储备世界第一、全球第二大股票市场、全球第二大债券市场、全球第二大保险市场……当下中国已迈入世界金融大国之列。

75年来，中国金融体系不断完善。

1979年起，我国陆续恢复建立农业银行、中国银行、建设银行、工商银行等国有专业银行。目前，以大型商业银行为主体，政策性银行、股份制银行、城市商业银行、农村金融机构等并存的多层次银行体系已经形成。

1984年，新中国第一只股票——"飞乐音响"诞生。1990年，上海证券交易所、深圳证券交易所开始营业。设立中小板、创业板、新三板，推出科创板、成立北交所，我国多层次资本市场建设扎实推进。

我国金融业已从单一的存贷款功能发展为适应市场经济要求的现代化金融体系，银行业金融机构达到4000多家，配置资源和服

★ 图为北京证券交易所揭牌暨开市仪式现场。（新华社记者李鑫摄）

务实体经济的能力持续增强。

75 年来，中国金融业国际地位不断上升。

人民币加入国际货币基金组织特别提款权（SDR）货币篮子；A 股和债券市场被纳入全球指数；发起成立亚投行、新开发银行等国际合作机制……随着综合实力提升，中国金融业在世界金融版图中的分量愈加重要。

有力支撑经济社会发展大局

近段时间，"科技金融中心""科技支行"成为金融领域热词，多家银行在总行或分支行层面密集成立科技金融专营机构，以更好服务科技创新。

回首新中国成立初期，服务大规模经济建设的资金需求，银行业曾在钢铁基地、重型机械厂、棉纺工业基地等组建分支机构，支持国民经济恢复重建。

金融是国民经济的血脉。75年来，我国金融业不断增强服务能力，成为推动经济社会发展的重要力量。党的十八大以来，习近平总书记高度重视金融在经济社会发展中的重要地位和作用，强调"金融要把为实体经济服务作为出发点和落脚点"，金融服务经济社会高质量发展迈出坚实步伐。

—— 坚定不移地支持实体经济发展。

资金总量持续增加。中国人民银行的数据显示，对实体经济发放的人民币贷款余额从2014年的81.43万亿元攀升至2024年8月的近250万亿元，年均增速保持在10%以上。

资金结构持续优化。围绕国家经济发展目标，瞄准高质量发展方向，金融业不断优化资金投向。2019年以来，普惠小微贷款余额增长近3倍，绿色贷款余额居全球前列。2021年以来，高技术制造业中长期贷款余额平均增速达到30%以上。近年来，新上市企业中科技创新类占比超过70%。

——不断满足人民群众日益增长的金融服务需求。

新中国成立75年来，金融业坚持以民为本、服务民生，主动适应经济发展和人民需求的变化，不断拓宽服务领域，提升服务能力。全国银行机构网点覆盖97.9%的乡镇，基本实现乡乡有机构、村村有服务、家家有账户；大病保险覆盖12.2亿城乡居民；普惠小微贷

★ 在浙江省丽水市青田县方山乡的乡村振兴金融服务站内，青田农商银行服务队志愿者上门服务，打通金融服务"最后一公里"。（新华社记者徐昱摄）

款余额超 32 万亿元，授信户数覆盖超三分之一经营主体……

——及时有效防范化解金融风险。

位于北京西交民巷的中国钱币博物馆里，馆藏着一张特殊存单——"整存整取折实储蓄存单"。这张斑驳的存单，见证了新中国成立初期，面对通货膨胀严重的局面，中国人民银行通过开办折实储蓄，把货币折成以实物为单位来存取，稳定金融与物价的成功探索。

守住风险底线，是一切金融工作的前提。新中国成立 75 年来的经济发展历程中，面对高通胀风险、汇率风险、债务风险、银行体系风险等诸多风险，我国有效防范、及时识别、积极应对，有效维护了经济社会稳定问题。党的十八大以来，我国统筹金融发展和安全，坚决打好防范化解重大风险攻坚战，对重大金融风险精准拆弹，牢牢守住了不发生系统性风险的底线。日前，我国金融体系总体稳健，但面临的风险隐患仍然较多，各地各部门正在持续有效防范化解房地产、地方债务、中小金融机构等重点领域风险。

金融领域改革开放持续推进

来自环球银行金融电信协会（SWIFT）的数据显示，今年 8 月，人民币在全球支付货币中的占比达 4.69%，稳居全球第四大支付货币的地位，仅次于美元、欧元和英镑。人民币国际地位的提升，离不开我国推动金融高水平开放的持续努力。

★ 2023 年 4 月 10 日，在沪深交易所主板注册制首批企业上市仪式北京分会场，与会嘉宾通过屏幕实时观看沪深两地交易所上市仪式。（新华社记者李贺摄）

回顾我国金融由小到大、从弱到强的发展历程不难发现，改革开放始终是金融业突破重点难点、不断发展壮大的根本动力。

以改革激活力促发展——

2003 年以来，我国果断推动大型商业银行股份制改革，大型商业银行相继在沪、港两地上市，银行业面貌焕然一新。

创新货币政策工具体系，引导金融资源更多流入经济社会发展的重点领域和薄弱环节；不断深化利率市场化改革，解决融资难融资贵难题；全面实行股票发行注册制等资本市场制度变革，为科创企业提供良好融资环境……坚持问题导向，瞄准重点领域，坚持以改革解决不同时期金融发展面临的难题。

以改革强监管防风险——

2023 年 5 月 18 日，国家金融监督管理总局正式挂牌，新一轮金融监管机构改革迈出重要一步。

从新中国成立初期中国人民银行"大一统"监管模式，到"一行三会"分业监管，从 2017 年成立国务院金融稳定发展委员会，到 2023 年启动新一轮金融监管机构改革，以改革理顺体制机制、提升监管效率，我国金融监管制度的"铁篱笆"不断扎紧，为防范化解金融风险、推动高质量发展提供有力保障。

以开放促竞争促繁荣——

2024 年 5 月 9 日，万事网联信息技术（北京）有限公司宣布正式开业，成为在我国开业的第二家合资银行卡清算机构。

开放，是金融业改革发展的重要动力。启动沪深港通、沪伦通、内地与香港债券通、互换通，取消银行、证券、基金管理、期货、人身险领域的外资持股比例限制，在企业征信、评级、支付等领域给予外资机构国民待遇……近年来，我国金融业开放不断深化，金融业在不断扩大开放中持续提升自身竞争力。

站在新的历史起点上，坚定不移走中国特色金融发展之路，金融业将持续为中国经济社会发展注入澎湃动力，为以中国式现代化全面推进强国建设、民族复兴伟业提供有力支撑。（记者李延霞、张千千、刘羽佳）

求新向实

——一座北方港口城市的金融探新之路

行走在天津的解放北路，两侧林林总总的西洋建筑令人目不暇接，因其独特的地理优势，这条路在近代中国成为对外开放的一个重要窗口，国际金融机构的聚集也使其有着"东方华尔街"的称呼。

伴随着中国本土金融业的高速发展，解放北路经历了时间的洗礼，成为天津金融板块的缩影。如今，在京津冀协同发展战略中，天津这座港口城市被赋予了包括"金融创新运营示范区"（简称"金创区"）在内的定位。通过不断深耕，天津金融业服务实体经济的能力持续增强，一条求新向实的金融创新之路正不断拓宽。

科创堵点如何解？

位于天开高教科创园的天津永续新材料有限公司内，一罐乳白色的胶状物吸引了记者的目光。这是公司的拳头产品纳米纤维素，应用于食品保鲜等领域。

"不到一年，我们的科研成果就实现了产业化，我们希望成为天开园首批 IPO 的公司。"公司董事长刘朝辉说。

科研成果从实验室走向生产线必须迈过资金这道坎，刘朝辉对此感受深刻。不久前，公司从 4 家银行获得 2200 万元贷款。如今，公司手握 500 多万元订单，预计年底这一数字将超过 2000 万元。

作为科技创新策源地，2023 年 5 月刚成立的天开园已成为金融服务新质生产力的"练兵场"。一年多时间，有 7 家银行在此设立科创特色机构，113 家金融机构与天开园签约，总规模超 77 亿元的 11 只基金在此设立。2024 年上半年，天开园企业投融资额超 9 亿元。

金融"活水"灌溉科创"新苗"，离不开政策引导。聚焦科技企业融资痛点，天津率先启动"科技—产业—金融"新循环试点，组织开展"百家机构、千亿融资、服务万户企业"科技金融能力提升"百千万"专项行动，实施金融助力科技型中小企业共同成长计划，建立科技园区金融服务"主办行"制度，单列 50 亿元科技型支小再贷款优先额度，引导金融机构为科技型企业提供多元化、接力式服务。

天津金融监管局局长赵宇龙说，"科技—产业—金融"新循环试点以来，天津建立了"四张清单"，即科技创新企业清单、金融机构产品清单、投资机构清单、差异化管理清单，引领金融机构紧密围绕天津重点产业链，聚焦科技自立自强，搭建以天开园为核心的"1+N"试点辐射区，推动"科技—产业—金融"良性循环。

数据显示，截至 2024 年上半年，在津银行机构累计向各类科创企业发放贷款余额 2431 亿元，信用贷款占比 51%；2024 年上半年，在津保险机构为科创企业提供保险保障 3020 亿元。

特色优势如何育？

2024 年 9 月 19 日，满载乘客的 CZ3539 航班从广州白云国际机场腾空而起,这是中国南方航空首架 C919 飞机投入商业运营,也是天津东疆综合保税区租赁落地的首架 C919 飞机。

作为全球第二大飞机租赁聚集地,自 C919 大飞机开始交付以来,东疆充分发挥在飞机租赁领域的优势,与中国商飞营销委建立合作工作机制,研究支持国产大飞机租赁的专项政策,为国产大飞机"飞起来"保驾护航。

"未来三年内,东疆将投入专项资金,培育和吸引更多租赁公司参与国产大飞机租赁业务,推动国产大飞机'飞'向全球航空市场。"东疆综保区管委会主任李彩良说。截至目前,已有 10 家租赁公司通过东疆完成了超 50 架国产飞机(含 ARJ21、C919)租赁交付。

融资租赁是天津金创区的金质名片。截至 2024 年 6 月末,天津市租赁公司资产总额近 2.2 万亿元,飞机、船舶、海工平台租赁和处置相关业务规模占全国总量 70% 以上。

锚定建设国际一流国家租赁创新示范区这一目标,天津在租赁创新之路上始终步伐矫健。全国首单离岸发动机融资租赁业务、"天津资本" + "天津制造"的首艘出口租赁船舶……多个"首单"桂冠为天津租赁业注入创新活力。

这些"首单"突破与天津持续加大金融改革创新密不可分。以跨境金融为例,近年来,中国人民银行天津市分行积极对接国际高标准经贸规则,持续提升外汇和跨境金融服务质效,改革红利、开放红利、制度红利不断显现。

"天津持续深化自贸试验区金融改革创新,鼓励和支持金融机构围绕实体经济需求出新招、出实招，9 年来，已累计推出 161 个金融创新案例。下一步，天津将充分发挥自贸试验区金融改革创新'试验田'作用，努力为金融创新服务实体经济创造更多成果。"天津市地方金融管理局局长刘惠杰说。

历史资产如何"新"？

砖石铺成的解放北路是天津的中心路段之一。1881 年，英国汇丰银行天津分行的兴建拉开了各国在解放北路开设银行的序幕。彼时，国际各大银行云集于此，并催生了中国本土金融业的快速成长。因此，解放北路素有"东方华尔街"之称，是当时中国最重要的金融机构聚集地之一。

坐落在解放北路的天津邮政博物馆见证着当时的辉煌。展馆内，玻璃柜中的保险存单、业务单据等史料都跨越了百年历史。"这是近代中国邮政储金等金融业务的起点，也是'东方华尔街'的发展缩影。"天津邮政博物馆馆长赵娜说。

邮政博物馆不远处，就是中国人寿金融中心（天津），老建筑与摩天大楼的交相辉映分外和谐。走进大厅，总长九米的巨幅油画《百年金融街》引人注目。"这里既是金融资源集聚中心，也是文化汇聚中心。"中国人寿金融中心（天津）总经理杨勐说。

天津市和平区委书记姚建军介绍，天津市和平区素有"金融和平"功能定位之称，金创区的标志区之一——金融历史文化区便坐落在此。近年来和平区通过加速资产盘活，推动金融机构向解放北路集聚，促进金融与文商旅融合发展，服务实体经济。如今，和平区全区拥有各类金融机构 550 余家，金融产业占区域经济总量近 1/3。

2023 年底，天津印发《关于深入推进金融创新运营示范区建设的方案》，提出未来 5 年金融业增加值占地区生产总值比重达到 15% 左右、租赁整体资产规模达到 2.7 万亿元等设想。不久前，中国人民银行等四部门联合天津市人民政府发布《关于金融支持天津高质量发展的意见》，天津又配套发布 18 条新举措，真金白银鼓励创新发展。

"我们将进一步完善全市金融业发展政策体系，增强金创区辐射带动作用，为走深走实中国特色金融发展之路、加快建设金融强国贡献天津金融力量。"刘惠杰说。（记者郭方达、李亭）

勇扛大国"顶梁柱"使命担当
——新中国成立 75 周年国资国企发展成就综述

国有企业是中国特色社会主义的重要物质基础和政治基础,是中国特色社会主义经济的"顶梁柱"。

新中国成立 75 年来,在中国共产党的坚强领导下,国有企业改革发展屡创佳绩,为推动中国经济社会发展、科技进步、国防建设、民生改善作出了历史性贡献。新时代新征程,国有企业牢记"国之大者",在高质量发展的道路上阔步前进,不断增强核心功能、提升核心竞争力,努力为强国建设、民族复兴作出新的更大贡献。

撑起国民经济脊梁

2024 年 7 月,中国一汽自主研发的第 900 万辆解放牌卡车在位于吉林省长春市的智能工厂下线。70 多年前,这家企业从零起步,三年建成投产,结束了新中国不能制造汽车的历史。

七代解放牌卡车的更迭、中国一汽发展壮大的历史,折射出我国汽车工业的沧桑巨变,也印证了国有企业的发展与国家命运始终紧密相连。

新中国成立之初，百废待兴，发展工业成为重要任务。造出第一辆解放牌卡车、第一台"东方红"拖拉机，大庆油田甩掉中国"贫油"帽子，鞍钢研发出"争气钢"……一批"共和国长子"在旧中国一穷二白的基础上起步，创造了一系列"新中国第一"，拉开了我国工业化进程的时代大幕。

改革开放浪潮奔涌，国有企业在艰难中探索，努力做好与市场经济融合这篇"大文章"。一批面向市场竞争、以质量效益为导向的现代企业"破茧而出"。

进入新时代以来，国资国企深入学习贯彻习近平新时代中国特色社会主义思想，坚决贯彻党中央、国务院决策部署，牢牢把握高质量发展主题，推动企业改革发展发生了全局性、转折性重大变化。

75 年长歌奋进，国有企业发展脚步铿锵，取得不凡成绩。

1952 年，我国国有工业企业实现利润总额 28.2 亿元，固定资产原值 149 亿元。

党的十八大以来，全国国资系统监管企业资产总额从 2012 年的 71.4 万亿元增长到 2023 年的 317.1 万亿元，利润总额从 2012 年的 2 万亿元增长到 2023 年的 4.5 万亿元，规模实力和质量效益明显提升。

75 年风雨兼程，国有企业"姓党为民"的政治本色更加彰显。

国有企业强化公共服务和应急能力建设，目前提供了全国近 100% 的原油产量、100% 的电网覆盖、97% 的天然气供应量，建成运营覆盖全国的基础电信网络。

2013 年以来，中央企业累计上缴税费超过 20 万亿元，上交国有资本收益 1.5 万亿元，向社保基金划转国有资本 1.2 万亿元；坚决助力打赢脱贫攻坚战，累计投入和引进帮扶资金超过千亿元。

在抢险救灾中打头阵，在科研攻关中当先锋，在经营发展中创佳绩……一次次大战大考中，国有企业挺身而出、冲锋在前，全力以赴维护人民生命财产安全，千方百计保证市场供应稳定，关键时刻彰显了"大国重器"的责任担当。

激发科技创新活力

C919 国产大飞机首次飞抵拉萨；超级工程深中通道正式通车，伶仃洋上架通途；嫦娥六号在人类历史上首次实现月球背面采样返回；我国首口万米深地科探井正式穿越万米大关……

★ 2024 年 6 月 27 日，沐浴在晨曦中的深中通道（无人机照片）。（新华社记者毛思倩摄）

2024年以来，一系列"大国重器"接连"上新"，多项超级工程惊艳亮相，彰显了我国国有企业特别是中央企业的"硬核"科技实力。

科技兴则民族兴，科技强则国家强。

新中国成立75年来，我国科技事业取得长足发展。改革开放以来特别是党的十八大以来，企业日益成为科技创新和产业创新的主体。作为其中的骨干中坚力量，国资国企把科技创新作为"头号任务"，坚持创新驱动发展，创新成果不断涌现，科技产出量质齐升。

集中优势资源，着力攻克"卡脖子"难题——

新中国成立初期，面对技术难题和国际封锁，广大科技工作者隐姓埋名、接续奋斗，为我国科技事业作出了艰苦卓绝的贡献，一批追赶世界水平的首创成果振奋人心，其中"两弹一星"成为新中国科技发展的一座历史丰碑。

历史一再证明，关键核心技术要不来、买不来、讨不来，只能靠自己搞出来。

近年来，国资央企聚焦工业母机、工业软件等重要领域，组织百万科研人员投身攻关一线，有力维护了产业链供应链稳定；在量子信息、深空深地深海等领域建设97个原创技术策源地，实施"加强应用基础研究"等11个专项行动，在可控核聚变等前沿领域不断实现突破。

破除机制藩篱，打通创新"血脉"——

近年来，国务院国资委不断完善出资人政策，科技创新考核对工业和科研企业实现全覆盖；"十三五"期间，中央企业研发投入年均增长 14.5%，过去两年研发投入均超过万亿元。

人才是创新的根基。广大国有企业正探索灵活开展多种形式的中长期激励和成果转化收益分享机制，做实做细合规免责机制，让国有企业充满生机活力，创新创造的潜能充分激发。

推动深度融合，让科技与产业"双向奔赴"——

统计显示，2024 年前 7 个月，中央企业完成战略性新兴产业投资超 1 万亿元。

实施数字化转型行动和"AI+"专项行动，启动央企产业焕新行动和未来产业启航行动……近年来，国资央企采取一系列举措改造提升传统产业，培育壮大新兴产业，布局建设未来产业，加快培育新质生产力，为现代化产业体系建设提供有力支撑。

纵深推进国企改革

"到 2029 年，在中央企业集团和各级应建董事会的子企业全面建立科学、理性、高效的董事会。"日前召开的一场专题工作推进会上，国务院国资委明确了未来深化央企董事会建设的具体目标与工作重点。

董事会建设是中国特色现代企业制度的重要内容。业内人士认为，上述举措意味着在解决了相关制度从无到有的问题后，新一轮改革行动乘势而上，将重点推动改革成果制度化、长效化、实效化。

国有企业高质量发展的背后，离不开国企改革的不断深化。

改革开放之初，面对汹涌而来的市场经济大潮，国企经营者们发现，除了勇敢地走向市场外别无他路。

经过放权让利、转换经营机制、推行股份制改革、探索建立现代企业制度等一系列艰辛探索，重新焕发活力的国有企业，开始真正地与市场经济相融合，并且在竞争中发展壮大。

进入新时代，国资国企坚持社会主义市场经济改革方向，不断涉深水区、啃硬骨头，全面落实国企改革"1+N"文件体系，接力实施国企改革三年行动、国企改革深化提升行动，一系列突破性进展、标志性成果令人振奋。

中国特色现代企业制度不断完善——

公司制改制全面完成，剥离企业办社会职能和解决历史遗留问题实现收官，三项制度改革全面破冰突围，国资监管专业化、体系化、法治化、高效化优势切实发挥，一批发展方式新、公司治理新、经营机制新的现代新国企加速涌现。

布局结构优化调整深入推进——

央企层面累计完成 28 组 50 家企业重组整合，新组建和接收央企 15 家；大力推动传统产业高端化、智能化、绿色化发展，2023 年央企战略性新兴产业营收首破 10 万亿元。

国有企业与民营企业相互促进、协同发展——

截至目前，中央企业对外参股投资各类企业超过 1.3 万户；央企直接带动的供应链上下游 200 多万户企业中，96% 是民营中小企业。

走过千山万水，仍需跋山涉水。

党的二十届三中全会审议通过的《中共中央关于进一步全面深

化改革、推进中国式现代化的决定》把深化国资国企改革纳入全面深化改革的战略全局，进行了系统部署，明确了新征程上深化国资国企改革的方位、前行的节奏和工作的重点。

牢牢把握改革正确方向，国资国企正全力以赴落实好各项关键任务，以更高站位、更大力度把改革向纵深推进，更好地履行新责任新使命，为以中国式现代化全面推进强国建设、民族复兴伟业作出更大贡献。（记者王希、任军）

改革创新育新质
——首都国企高质量发展观察

当技术创新牢牢占据钢铁行业锻造核心竞争力的"C 位",曾为国家发展、首都建设立下汗马功劳的"老钢厂",依然是改革发展的"弄潮儿"。连日来,走进首钢集团生产线,记者大开眼界。

运输钢卷的自动化天车运转繁忙,大型运输船在成品码头鸣笛起航……和气势恢宏的"硬核"生产场景相比,工人们捧在手心的产品却略带"反差感"。

"这是直径 0.01 毫米的'蚕丝钢',它解决了国产燃烧器行业基础材料的关键问题。"来不及测量这根合金钢丝有多细,记者马不停蹄奔赴下一站采访,工作人员又指着"蝉翼钢"介绍说:"这是能用手撕开的钢板,极限厚度达到 0.07 毫米,不仅应用到 5G 基站建设中,还做成了明信片、高校录取通知书。"

提到传统制造行业,不少人的记忆停留在高耗能、高污染、高排放的"三高"印象中。但记者眼前这座"钢铁梦工厂",却通过技术创新、流程优化实现了低能耗、低排放、低碳的"三低"目标。钢材生产更是面向国家重大需求、战略新兴市场需要,持续攻克"卡脖子""掉链子"问题,让"提气钢"批量下线。

"在传统产业加快发展新质生产力过程中,我们用改革创新'投石问路',用科技创新'转型突围'。"首钢集团党委副书记胡雄光振奋地说，"十四五"前 3 年，首钢取得建厂百年以来最好的经营业绩、营业收入、利润总额。乘着奥运东风转型升级的老园区，更是成为知名的"网红打卡地"。

向新提质、向绿而兴的首钢是首都国企高质量发展的缩影。来自北京市国资委的数据显示，截至 2023 年底，北京市管企业主要经济指标较 2012 年底均实现翻倍增长。大力发展高精尖产业，2013 年底至 2023 年底，北京市管实体企业累计投入研发经费 3627 亿元；今年上半年研发投入达 266.2 亿元，同比增长 18.4%。

作为首都经济社会发展的"顶梁柱""压舱石"，北京市国资国企全面实施国企改革深化提升行动，国有资本布局持续优化，市场化经营机制不断完善，以党建引领推动各项工作取得新实效。

北京能源集团实施多次合并重组，产业链条持续融合互补，已经由单一的能源产业，发展为热力、电力、煤炭、健康文旅等多业态产业格局，投资区域遍及全国 31 个省区市及海外。这背后，改革创新仍是"第一驱动力"。

"这些年，我们敢于'啃硬骨头'，国企改革力度一年比一年大。"京能集团党委副书记孟文涛说，企业先后制定中层领导人员能上能下办法、任期制契约化等一系列改革制度，逐步推动干部能上能下、员工能进能出、收入能增能减。同时，集团在市场化程度较高的企业中推行了职业经理人制度，有效打破了"大锅饭"的固有模式，同企业同职级经理层成员之间的绩效年薪档差距拉大超过 1 倍。

深化改革让企业发展韧性增强，干部职工干事创业热情高涨，最直观的体现就是各项经济指标大幅提升。孟文涛介绍，截至 2023

年底，京能集团资产规模、年营收、利润总额比 2012 年底分别增长了 3.4 倍、3.2 倍、2.2 倍。2024 年上半年，企业生产经营主要指标再创新高，不仅为完成全年目标打下坚实基础，也为首都经济回升向好作出积极贡献。

风劲帆满启新程。北京市国资委党委副书记、副主任，一级巡视员张金玲表示，当前，北京国资国企正坚决贯彻落实党的二十届三中全会明确的改革任务，锚定今年底前完成 70% 以上主体任务的目标，聚焦卡点堵点，注重协同联动，跑出国企改革加速度，确保 2025 年改革深化提升行动顺利收官。坚持用改革的办法加快破除发展体制机制障碍，推动企业实现量的合理增长和质的有效提升，争创更多产品卓越、品牌卓著、创新领先、治理现代的世界一流企业。

（记者张骁）

工业经济跨越式增长
制造强国建设步伐坚定
——新中国成立 75 周年工业发展成就综述

这是持续筑牢的发展根基——从一穷二白起步，到制造业规模稳居世界首位，我国用几十年时间走完了发达国家几百年走过的工业化历程，实体经济持续壮大，大国发展固本培元。

这是不断培育的竞争优势——"神舟"飞天、"蛟龙"探海、高铁飞驰……大国重器惊艳世界，产业体系更加完备，竞争力与日俱增。

新中国成立 75 年来，我国工业经济实现规模总量的跨越式增长和发展质量的显著提升。党的十八大以来，以习近平同志为核心的党中央多次强调实体经济重要支柱性地位，一系列重大决策部署引领工业经济迈上更高质量、更可持续的发展之路。

强筋壮骨　夯实发展底气

2024 年 9 月 19 日 12 时 11 分，机头标记着"C919"字样的中国南方航空公司 CZ3539 航班从广州白云机场腾空而起，飞向上海

★ 2024 年 8 月 29 日，南航首架 C919 国产大飞机抵达广州白云国际机场，正式入列。（新华社记者田建川摄）

虹桥机场。至此，中国三大航空公司全部开启国产大飞机的商业运营，国产大飞机翱翔在更广阔的蓝天。

一个国家的竞争力，很大程度体现在工业水平上；大国重器，是工业实力的有力证明。

新中国成立之初，百业待举，我国工业经济在设备落后、产能低下的薄弱基础上艰难起步。

75 年弹指而过。如今，我国工业增加值从 1952 年的 120 亿元增加到 2023 年的 39.9 万亿元。拥有联合国产业分类中全部工业门类，500 种主要工业产品中有四成以上产品产量位居世界第一，制造大国地位稳固。

1949 年，新中国第一台车床在沈阳诞生；今天，我国已成为名副其实的装备制造业大国；

1952 年，新中国第一台蒸汽机车研制成功；今天，我国铁路总里程突破 16 万公里；

1956 年，第一辆国产解放牌卡车总装下线；今天，我国汽车产销总量连续多年居全球第一，新能源汽车成为"新名片"……一个个振奋人心的事实，见证制造大国的巨变。

党的十八大以来，面对纷繁复杂的外部环境，我国始终把发展的着力点放在实体经济上，新型工业化深入推进，不断夯实发展根基。

从"奋斗者"号万米深潜到国产大型邮轮出海远航，一路行来的每一次突破，都标注着制造强国建设的坚定步伐。

世界银行数据显示，我国制造业增加值自 2010 年首次超过美国，稳居世界首位，2022 年占全世界比重为 30.2%。

"一国工业化的广度和深度，决定了其现代化的进度和程度。"工业和信息化部部长金壮龙表示，75 年来，我国工业发展开疆拓土。今天，"全""多""大"独特优势更加明显，为推进中国式现代化提供坚实支撑。

创新突破　积蓄发展动力

2024 年 9 月 10 日，华为公司在深圳发布全球首款三折叠屏手机，凭借技术和供应链的突破，得到市场的高度关注。

坚持创新驱动，国产手机向中高端升级。数据显示，我国折叠屏手机市场连续四个季度增速超过 80%。

这是中国制造求新求变的一个缩影。回顾 75 年，工业发展的每一步都离不开创新的支撑。党的十八大以来，党中央坚持以科技创新引领现代化产业体系建设，大国制造向高端化、智能化、绿色化快速推进。

科技"硬实力"增强——

新中国成立初期，我国通过学习引进和自主研发双管齐下逐步提升工业经济科技含量。改革开放以后，科技体制改革深入推进，工业科技实力显著增强。党的十八大以来，产业创新能力加快从量的积累向质的飞跃、从点的突破向系统能力提升转变。

5G、载人航天、大飞机等领域取得一批重大标志性成果。2023

★ 2024 年 5 月 26 日拍摄的国产大型邮轮"爱达·魔都号"。（新华社记者王翔摄）

年，世界知识产权组织认定中国为全球最大国际专利申请国，在信息与通信技术方面，中国专利拥有量占全球总量的14%。

产业结构优化升级——

75年来，我国工业从传统依赖人工到逐步实现自动化、数字化、智能化，装备制造业、高技术制造业的支撑引领作用不断提升。

今天，我国战略性新兴产业占GDP比重约13%，新兴产业、未来产业新赛道不断涌现。数字经济与实体经济深度融合，推动传统产业提质增效。2023年，我国高技术制造业增加值占规模以上工业增加值比重为15.7%，比2012年提高6.3个百分点。

产业链竞争力提升——

全国高新技术企业数量达46.3万家，骨干企业加快壮大；专精特新中小企业超过14万家，配套能力不断强化；提高东北和中西部地区承接产业转移能力，产业链供应链韧性得到提升。

把发展新质生产力摆在突出重要位置，加快提升产业科技创新能力，大国工业发展不断注入强劲的动力。

格局再塑　拓宽发展空间

能够稳步爬坡，可以轻盈奔跑……2024年4月，我国自主研发的通用人形机器人"天工"在北京经济技术开发区亮相，引来刷屏围观。

在北京经济技术开发区，机器人产业的"上下游"已成为"左右邻"，加速完善的产业链体系为培育新赛道提供有力支撑。

★ 这是在重庆市两江新区拍摄的赛力斯汽车超级工厂焊装车间生产线（无人机照片）。（新华社发　高彰摄）

深圳以无人机为代表的新产业集群不断壮大；辽宁结合地方实际布局无人驾驶船舶、人形机器人等。今天，各地因地制宜发展新质生产力，中国制造打开新空间，激荡新活力。

中国制造在变，制造业版图也在变。

20 世纪 60 年代，我国就进行了以大小三线建设为中心的地区工业布局大调整。随着西部大开发、东北振兴、中部崛起和东部率先发展等战略的实施，一系列产业布局落子成势。党的十八大以来，区域协调发展战略和区域重大战略深入实施，新的增长极增长带不断形成。2022 年，京津冀、长江经济带、黄河流域地区工业增加值分别是 2012 年的 1.5 倍、1.8 倍、1.7 倍。

产业布局不断优化，开放步伐更加坚实。

今天，我国已连续多年稳居全球货物贸易第一大出口国地位，从大规模"引进来"到大踏步"走出去",深度参与全球产业分工和合作。

2024年9月8日,《外商投资准入特别管理措施(负面清单)(2024年版)》发布,制造业领域外资准入限制措施实现"清零",开放发展不断增添新注脚。

回望过去,75载艰苦奋斗,铸就了大国工业的历史性发展成就。立足当下,中国制造仍处在由大变强的重要关口,还需补短板、锻长板,打造新的竞争优势。

新时代新征程上,在以习近平同志为核心的党中央坚强领导下,着力提升科技创新能力,加快建设以先进制造业为骨干的现代化产业体系,大国制造将不断突破发展瓶颈,为中国式现代化提供坚实的物质技术基础。(记者张辛欣)

延伸阅读

"华龙一号"：中国核电走向世界的"国家名片"

主控室里，电子屏幕上数字闪烁，值班操纵员专注地盯着屏幕……"华龙一号"全球首堆中核集团福建福清核电5号机组正平稳运行。源源不断的电能从这里送出，点亮万家灯火。

习近平总书记在党的二十大报告中提出，积极安全有序发展核电。

"华龙一号"是我国具有完整自主知识产权的三代核电技术，被誉为"国之重器""国家名片"。目前，"华龙一号"已成为全球在运在建机组总数最多的三代核电技术，将为我国能源绿色低碳转型作出更大贡献。

全球首堆示范工程安全平稳运行

漫步福清核电厂区，只见6台核电机组一字排开。不难发现，"华龙一号"两台机组5号、6号机组的安全壳上方外侧有一圈水泥"头箍"，"块头"看上去比其他机组大不少。

华龙国际核电技术有限公司党委书记、总经理王秋林介绍，"华龙一号"采用全球三代核电最高安全标准，运用数字化与智能化技术推动建设，安全性、经济性特点突出，技术指标达到国际先进水平。

"华龙一号"设计寿命60年，反应堆堆芯采用177组核燃料组件。每台核电机组每年发电超100亿千瓦时，能够满足中等发达国家 100 万人口的年度生产生活用电需求。

"'华龙一号'在安全性上满足国际最高安全标准要求。"华龙国际反应堆与安全分析所总工程师孔翔程说。

他告诉记者,"华龙一号"采用双层安全壳设计,创新采用"能动+非能动"相结合的安全设计理念,更好保证核电站的安全。

李宗霖是"华龙一号"首批高级操纵员,亲眼见证了"华龙一号"的多个第一次:第一次水压试验成功、第一次响应火险、第一次完成 6 号机并网……

他无比自豪地说,根据世界核电运营者协会(WANO)评价规则,两台机组的 WANO 综合指数均实现满分,标志着"华龙一号"机组生产运营绩效达到国际先进水平。

开启批量化、规模化建设阶段

在福建漳州,一个大型核电基地正在加速建设中。

2024 年 9 月 27 日,漳州核电二期工程 4 号机组开始浇灌核岛第一罐混凝土,这是漳州核电基地第 4 台"华龙一号"机组;2024 年 10 月 12 日,漳州核电 1 号机组开始装载首炉核燃料,为后期并网发电打下坚实基础。

在"双碳"目标引领下,我国核电建设正在提速。近年来,我国核准了包括福建漳州二期等多个核电项目。作为我国三代核电技术的主力堆型,设备可靠、工期可控、成本经济的"华龙一号",也迎来了批量化、规模化建设阶段。

福清核电两台机组投运后，中广核广西防城港核电站的两台"华龙一号"机组也陆续投产。同时，"华龙一号"实现顺利"出海"——2023 年 2 月，我国出口巴基斯坦两台"华龙一号"机组在建成投产后正式交付。

"目前，'华龙一号'国内外有 6 台机组建成运行、27 台机组在建，成为全球在运在建机组总数最多的三代核电技术。"王秋林说。

"华龙一号"可以批量化、规模化建设的一个重要支撑，就是产业链产能的稳定可靠。王秋林介绍，"华龙一号"首堆设备国产化率达 88%。在目前批量化建设阶段，"华龙一号"相关设备国产化率已超 90%，带动上下游产业链 5300 多家企业共享机遇、共同成长，提高关键技术、关键零部件和重要材料的自主可控水平，打造自主可控、安全可靠的核能产业链。

"'华龙一号'的标准化设计和批量化建设，有效降低了建设运营成本，提升了发电效率，从而为广大用户提供了更具竞争力的电力价格和可观的投资收益。"王秋林说。

不断提升"国家名片"含金量

前进永无止境，创新永无止境。"华龙一号"亦是如此。

"我们需要更聪明的'华龙一号'。"李宗霖说，事实上，"华龙一号"从来没有停止过向全面数字化智慧化转型的脚步。

他举例说，过去，每个班的主控操纵员要花 2 个小时进行数据画面巡检和重要参数比对，费时费力还容易看错看漏数据。现在，借助他们团队研发的一款名为"华龙天眼"的主控室智能辅助系统，一键巡检功能让主控操纵员巡检时长缩短至10分钟，并且不会出错。

更安全、更经济、更智能是"华龙一号"主要的技术优化方向。尤其是在智能化上，通过技术迭代，"华龙一号"已实现核电设计与信息技术的深度融合。目前，漳州核电等"华龙一号"后续批量化建设工程，均已建成数字核电智慧工程，通过智能化应用有效提升核电建设的效率与安全性。

王秋林表示，未来，华龙国际将持续推动"华龙一号"技术创新升级，积极开展国际交流与活动，致力于保持并提升"华龙一号"的先进性和综合竞争力，更好满足世界各国对绿色清洁能源日益增长的需求。（记者高敬）

雄途致远通千里　砥砺大道国运兴

——新中国成立 75 周年交通运输发展成就综述

交通是经济的脉络和文明的纽带。历经 75 载，我国交通运输领域发生历史性变化——交通基础设施连片成网，人民群众出行便捷舒适，智慧绿色发展日新月异。

新中国成立 75 年以来，交通运输为经济社会发展发挥了重要作用，为提高人民生活水平提供了关键支撑。

大步迈向交通强国

2024 年 9 月 20 日，盐城至洛阳国家高速公路宿城至泗洪段建成通车。连线成片，苏皖豫大通道"横空出世"。

内畅外联、立体互通，这是我国交通运输领域发展的一个缩影。

新中国成立之初，我国交通运输十分落后：8.07 万公里的道路里程中，有路面的仅有 3 万公里；全国铁路总里程仅 2.1 万公里，奔行在铁轨上的基本都是蒸汽机车；内河航道 7.4 万公里，水深 1 米以上的不足三分之一……

从 1952 年 7 月新中国第一条铁路成渝铁路建成通车，到 1988

年10月沪嘉高速公路建成通车实现大陆高速公路"零"的突破；从2019年9月北京大兴国际机场正式通航，到2024年6月深中通道正式通车试运营……我国交通运输领域面貌焕然一新。

今日之中国，全国公路总里程543.68万公里，铁路营业总里程突破16万公里，城市轨道运营里程超过1万公里，内河航道通航里程12.82万公里，颁证民用航空运输机场259个。

面向更远的未来，《国家综合立体交通网规划纲要》作出部署：到2035年，基本建成便捷顺畅、经济高效、绿色集约、智能先进、安全可靠的现代化高质量国家综合立体交通网，实现国际国内互联互通、全国主要城市立体畅达、县级节点有效覆盖，有力支撑"全国123出行交通圈"和"全球123快货物流圈"。

聚焦经济社会高质量发展需求，我国正大踏步迈向交通强国的发展新征程。

通达连接更广区域

2024年8月16日，通往云南怒江傈僳族自治州贡山独龙族怒族自治县独龙江乡的独龙江公路，顺利完成了提升完善养护工程的交工验收。

"独龙江公路海拔高差大，自然灾害易发多发，对其进行养护提升是保障独龙族群众安全便捷出行的应有之举。"怒江公路局独龙江公路提升完善养护工程总工和君华说。

一路通，则万事通。新中国成立之初，为支援解放军和平进军西藏，10 多万人的筑路大军克服天险阻隔、物资匮乏等不利条件，修筑了川藏、青藏公路，创造了世界公路史上的奇迹。

在交通强国的征途上，千千万万交通建设者筑路架桥，发挥着不可或缺的作用。

将镜头拉向祖国西北，莽莽天山横贯东西。数千名中交集团员工在皑皑积雪下紧张施工，全长 22.1 公里的世界在建最长高速公路隧道——天山胜利隧道，正在一点一点被打通。

"预计隧道 2025 年将全线贯通，我们正在向着这一目标奋勇前进。"中交乌尉高速六标段项目总工程师毛锦波抹了一把汗，继续投入到工作中。

斗转星移，在交通运输领域，变化的是技术与装备，不变的是不断向边疆和偏远地区延伸、不断提供更好服务保障的初心。

2000 年 8 月，我国提出实施农村公路"通达工程"。2003 年至 2004 年，全国共建成农村硬化路 19.2 万公里，超过 1949 年至 2002 年间农村硬化路建设的总和。

党的十八大以来，习近平总书记多次就农村公路发展作出重要指示，要求建好、管好、护好、运营好农村公路。

交通运输部门强化顶层设计、打出组合拳。截至 2023 年底，农村公路总里程达 459.86 万公里，占公路总里程的 84.6%，农村公路通达所有具备条件的乡镇和建制村。

加快建设现代交通运输服务业，我国综合交通运输服务形式更加多样，服务品质、效率不断提高。

出行更加便捷化。2023 年，我国铁路客运量、公路客运量、水路客运量、民航客运量在跨区域人员流动量中的占比分别为 6.3%、92.3%、0.4%、1%。

物流更加高效化。我国加快发展多式联运，持续推动大宗货物运输"公转铁、公转水"，大力发展高铁快运，加强航空货运能力建设，加快快递扩容增效和数字化转型。

新业态新模式加速发展。网络预约出租汽车日均完成订单量达到 3000 万单，互联网租赁自行车已在全国 400 余个城市投放运营……

天堑变通途，江山归咫尺。交通运输领域的新发展，让人们追梦的征程更顺畅。

共享交通发展成果

车顶安装远程传感器，通过软件即可实现从派单、接驾、行程、到站的自动驾驶全流程。日前在北京首钢国际会展中心内举行的第十六届国际交通技术与设备展览会上，滴滴的自动驾驶技术备受关注。

"依托我们自己研发的自动驾驶智能运营中心慧桔港，通过订单业务中心、安全护航中心、远程支持中心、客户服务中心以及自动运维中心五大模块的联合设计，智能化满足车辆在自动驾驶过程中的需求。"滴滴自动驾驶运营负责人李健说。

在交通运输领域突破技术垄断，对推动我国现代化发展更具现实意义。

新中国成立之初,百废待兴、百业待举。彼时,马路上跑的都是"万国牌"汽车。

1953 年,第一汽车制造厂在长春市西南的孟家屯附近举行奠基典礼。经过 3 年艰苦的努力,1956 年 7 月 13 日,新中国第一辆国产汽车下线。这辆名为"解放"的 CA10 型载货车,结束了新中国不能制造汽车的历史。

"复兴号"实现世界上首次时速 420 公里交会和重联运行,国产大飞机 C919 完成首次商业飞行……如今,交通装备技术取得重大突破,为经济社会发展提供强大支撑。

强化交通运输节能减排,对推动环境可持续发展至关重要。

新能源装备设施加快推广应用。截至 2023 年底,我国城市公共汽电车、巡游出租车和城市物流配送新能源汽车数量分别达到 53 万辆、41.2 万辆和 100 万辆。

交通运输碳排放强度持续下降。近年来,交通运输部组织开展"绿色低碳交通强国建设专项试点"等试点工程,不断提升交通基础设施沿线可再生能源利用规模和充电服务保障能力。

绿色出行理念逐渐深入人心。社区公交、定制公交、慢行交通等多样化绿色出行体系在多个城市落地生根,轨道交通、地面公交让人们的出行更环保。

75 载自立自强、艰苦奋斗,我国交通运输解决了从"有没有"到"够不够"再到"好不好"的问题。面向未来,我国正从交通大国昂首迈向交通强国。(记者叶昊鸣、丁怡全、段续)

延伸阅读

青藏铁路：雪域高原辟新途

"那是一条神奇的天路，把人间的温暖送到边疆，从此山不再高路不再漫长……"歌曲《天路》唱出了西藏人民对铁路的渴望，也赞扬了铁路建设者付出的艰辛努力。

狂风暴雪、风火山隧道、唐古拉山……一幕幕情景剧舞台背景，还原了建设者当年在海拔 4500 多米冒风雪、战严寒、抗缺氧，甚至牺牲生命的顽强劳动场景。2024 年 10 月 17 日，中国铁路青藏集团有限公司"弘扬青藏铁路精神"巡回报告会在西藏拉萨举办，震撼人心的场面与情节让人泪湿衣襟。

1984 年 5 月 1 日，青藏铁路西宁至格尔木段投入运营。2006 年 7 月 1 日，全长 1142 公里的格尔木至拉萨段全线通车，标志着全长 1956 公里的青藏铁路西宁至拉萨段全线建成通车。这是世界上海拔最高、线路最长、穿越冻土里程最长的高原铁路，创造了多项世界之最。

筑路亦筑梦，这条铁路犹如一条钢铁巨龙，越过昆仑山脉，跨过雪域高原，寄托着新中国几代人的梦想，彰显着中华民族不屈的精神。

眼下虽已进入高原寒冷时节，乘坐火车进出西藏的旅客仍然较多。"我们在拉萨游玩了一周，看了布达拉宫、南迦巴瓦雪山，吃了一些特色藏餐美食，感受了高原美景与民族特色文化。"来自浙

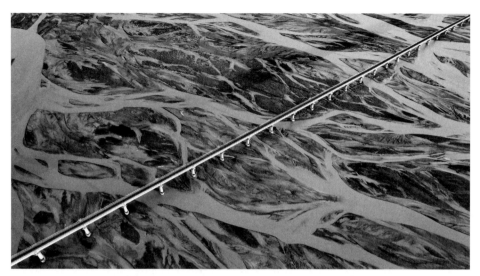

★ 青藏铁路跨过沱沱河的辫状河道（无人机照片）。（新华社记者刘诗平摄）

江的高海丹一家 4 口到拉萨旅游，正在拉萨火车站候车乘坐 Z166 次列车返程。

作为西藏首批藏族铁路职工之一，43 岁的斯朗卓玛自 2006 年毕业参加工作以来，已成长为拉萨火车站副站长。她见证了高原的发展变化。

"青藏铁路通车 18 年来，最直接的体现是增强了各民族旅客进出西藏的便利性与安全性，来西藏旅游、经商、务工的人多了，带来先进的技术，同时西藏人到其他城市上学、旅游也更方便了。"她说，高原群众逐步跟上了时代潮流。

斯朗卓玛依稀记得，2006 年以前拉萨火车站周边全是土路，一个商铺都没有，满目荒凉。如今火车站所处的区域建有休闲运动公园、学校、医院，还有宽阔的柏油路。

青藏铁路通车还为那曲、拉萨等地运来更多生活用品、生产物资，大大提高了货运时效、安全性和运输量。

秦进元在中国铁路青藏集团有限公司拉萨西站工作了 15 年，见证了铁路货运的发展。"铁路货运不仅明显降低了流通成本，也为当地农牧民提供了增收致富的稳定工作。"他说，2006 年以来拉萨西站货场合作的物流公司，从 4 家增至目前的 20 多家，货物到发量逐年增加，由 2006 年的 32.9 万吨增加到 2023 年的 571.3 万吨，年均增长率 17.2%。

阿旺多吉于 2015 年在拉萨成立西藏吉达物流有限公司，有员工近 20 人。"这几年不论是各种食品还是建筑材料，西藏需求量很大，目前公司经营顺利，所有员工都来自拉萨周边的农牧区，人均年收入 20 万元以上。"

18 年来，青藏铁路明显促进了西藏经济社会发展和人文交流，已成为西藏连接祖国多地的"生命线"。数据显示：截至 2024 年 6 月 30 日，青藏铁路累计运送进出藏旅客 3688.5 万人次、运送进出藏货物 8775.1 万吨。西藏的 GDP 由 2006 年的 342 亿元增至 2023 年的 2392.67 亿元。

繁荣的背后，离不开一批批前赴后继的建设者。对于当年青藏铁路建设者来说，"挑战极限，勇创一流"的青藏铁路精神早已深深印记在每个人心中。

中国铁路青藏集团有限公司建设部建设管理科科长路万君今年 50 岁，回首当年在唐古拉山附近的工作岁月，神情凝重。"我记得那曲段最艰苦，夏天也要生火炉。2005 年冬季下大雪，大部分职工感冒了，为了不耽误工期，大家分成两班倒。部分职工晚上挂着点滴，第二天还要继续上山铺设设备。"

现在，还有默默无闻的铁路养护工作者持续奋战在雪域高原。为保障列车安全运行，2024 年 9 月 1 日，青藏铁路格拉段唐古拉南至拉萨区间的 27 座车站缓冲区正式开启无缝化改造施工大战，预计同年 11 月中旬结束。

夕阳划过皑皑雪山，金黄的藏北草原逐渐暗淡。傍晚时分，寒风凛冽，"格（尔木）方无车，拉（萨）方无车，可以上道"。随着一声指挥，那曲车间管段的嘎恰站施工现场顿时热闹起来，中铁十二局集团铁路养护工程有限公司 150 余名工人如同一支雄师劲旅，他们誓将保质保量完工。

钢轨与砂轮锯片来回碰撞，喷射礼花般的锯轨火花。在长轨拨移现场，号子声已没过不远处的锯轨声，工人们用一根根撬棍把近百米的长轨移运到位……

在施工现场，一名今年新入职的大学生叶浩然，忍受着高原反应并未退缩。"来到这里我真正体会到了当年铁路建设者的艰辛。"他说，今后要继续向前辈和同事们学习，学习他们身上那股子韧劲儿，学习铁路维修施工技术，尽快成长起来。

青藏铁路作为中国现代化成就的象征之一，激活了冰封的雪域高原，见证了高原巨变，正承载梦想迈向更美好的幸福未来。（记者刘洪明、蒋梦辰）

同心奔赴美好前程

——新中国成立 75 周年推进民族团结进步成就综述

中华民族一家亲，同心共筑中国梦。

75 载波澜壮阔，少数民族的面貌、民族地区的面貌、民族关系的面貌、中华民族的面貌都发生了翻天覆地的历史性巨变。新时代，在以习近平同志为核心的党中央坚强领导下，各民族正像石榴籽一样紧紧拥抱在一起，奔赴美好未来。

石榴花开结出团结硕果

"一心一德，团结到底，在中国共产党的领导下，誓为建设平等自由幸福的大家庭而奋斗！"

走进云南宁洱哈尼族彝族自治县民族团结园，被誉为"新中国民族团结第一碑"的民族团结誓词碑静静矗立。1951 年元旦，普洱专区多位民族代表立誓后在碑上签名。

岁月流转，斑驳的字迹，见证各民族团结一心的光荣传统——

新中国成立后，党和国家发放救济粮和生产工具，帮助少数民族群众渡过难关，各族人民翻身解放，以国家主人翁的姿态捍卫中华民族团结统一；改革开放后，对口支援边疆地区和民族地区，走出各民族互助之路……

75 年来，我国民族团结进步事业在应对挑战中破浪前行，民族团结成为各族人民的生命线。党的十八大以来，聚焦铸牢中华民族共同体意识主线，各民族深度交往交流交融，中华大地绽放出越发绚烂的民族团结进步之花。

亲如一家，民族团结进步呈现新气象——

"五十六个民族是一个妈妈的女儿，我们的妈妈叫中国……"西藏日喀则市江洛康萨社区广场上，身穿不同民族服饰的居民表演融合了多民族元素的歌舞。这个社区曾荣获"全国民族团结进步示范社区"称号，13 个民族的居民生活其乐融融。

2012 年以来，国家民委已累计命名 2055 个全国民族团结进步示范区、示范单位，精准发挥了示范引领作用。突出增进共同性的方向，以"互嵌"为导向，民族团结进步的阵地逐步拓展到企业、乡村、机关、社区、学校等基层一线，民族团结一家亲的佳话不胜枚举。

水乳交融，互嵌式社会结构日益形成——

多彩贵州，民族团结乡村篮球邀请赛拥抱八方来客；天山南北，"打起手鼓唱起歌"民间艺术季喜迎四海宾朋；大美宁夏，邻居节、百家宴吸引各族群众同吃一桌饭、广交知心友……各族群众"双向奔赴"，交往交流交融更加广泛深入。

中华一家，情深意长。75 年一路走来，各民族共居共学、共建共享、共事共乐，各族群众像石榴籽一样紧紧拥抱，书写着"茶和盐巴永不分离"的动人故事。

共富共享绘就幸福图景

大凉山腹地，曾经交通闭塞、地瘠人贫。新中国成立后，凉山彝族奴隶社会"一步跨千年"迈向社会主义社会。

75年沧海桑田，凉山深处，换了人间。

今日凉山大地，新居新寨错落有致，硬化道路通村入户……当地彝族群众常把两句话挂在嘴边："精准扶贫'瓦吉瓦'（好得很）！""共产党'卡莎莎'（谢谢）！"

党的十八大以来，着眼民生福祉、致力民生改善，420个位于民族自治地方的贫困县全部脱贫摘帽，28个人口较少民族实现整族脱贫，与全国人民一道实现全面小康。

奋起直追，经济活力更足——

八桂大地，一条全新的国际物流大通道在加速延伸。西部陆海新通道利用铁路、海运、公路等方式，通达全球120余个国家和地区。广西各民族生产的产品，柳工机械、五菱汽车、柳州螺蛳粉出口到了五大洲。

75年来，从实行转移支付、西部大开发，到设立少数民族发展资金、开展"民营企业进边疆"行动……一项项政策和资金落实落地，民族地区日新月异，群众生活蒸蒸日上，中华民族共同体意识不断增强。

情深意笃，民生保障更暖——

雪域之巅，109 道班承担着唐古拉山口的道路养护保通任务。75 年来，一代代高原养路工人在"生命禁区"深深扎根。救助站里，4000 余封来自四面八方的感谢信，定格了民族团结的温暖瞬间。

在内蒙古，各族儿女携手实现了从"沙进人退"到"绿进沙退"的巨变；在青海，各族人民倾力支援，帮助积石山地震受灾群众恢复生产生活……一项项民心工程、一件件惠民实事，为各族儿女托起稳稳的幸福。

凝心聚力，社会事业焕新——

"日光城"拉萨，"北京中学"点亮农牧区孩子的梦想；藏西阿里，陕西援藏医生帮助几近失明的老人重获光明与希望……

对口援藏 30 年来，援藏干部人才为雪域高原送去教育新理念、医疗新技术、团结新佳话。

★ 2024 年 2 月 1 日，109 道班所在地，常年风雪交加。（新华社记者晋美多吉摄）

75 年来，党和国家采取各种优惠政策和措施，推动民族地区社会事业发展。党的十八大以来，民族地区基本公共服务更加健全、覆盖更加广泛、保障更加有力。

美美与共　构筑精神家园

"远方客人到景宁，山笑木笑人欢唱……" 2024 年 9 月 4 日晚，浙江景宁畲乡古城非遗文化巡游热闹非凡，各地游客和身着民族服饰的表演者载歌载舞。

2024 年中华民族共有精神家园建设主题文化活动走到之江大地，铺展开一幅各民族美美与共、各族儿女共建幸福家园的生动画卷。

立心铸魂，增进文化认同——

新中国成立后，各族儿女投身社会主义文化建设，共同构建了以"祖国统一、民族团结"为主题的国家文化叙事体系，对中华民族共同体的文化认同产生了深刻影响。

近年来，红色基因传承工程深入实施、《中华民族交往交流交融史》编纂工作加速推进、《中华民族共同体概论》走进校园……文化如水、浸润无声，各族青少年树立正确的中华民族历史观，各族群众对中华民族的认同感和自豪感不断增强。

守正创新，弘扬中华文化——

2024 年 11 月，第十二届全国少数民族传统体育运动会将在海南三亚举行。自 1953 年创办至今，借助这一平台，一个个"濒危"民族文化遗存重焕生机，一项项民族传统体育项目更好传承。

今天，当 600 多岁的蒙藏学校旧址"变身"中华民族共同体体验馆，一馆之内纵览中华文化之美；当文物古籍跨越千年"上新"展览，各民族交往交流交融故事生动可感……与古为新、弦歌不辍，建设中华民族共有精神家园可触可及。

同心筑梦，携手再启新程——

钱塘潮涌，亚运之光照亮西子湖畔。2023 年全国少数民族参观团相聚于此，共享伟大祖国荣光。

"毛南族的幸福生活是中国共产党带领各族人民用鲜血和汗水奋斗出来的。"杭州亚运会开幕式现场，来自广西的代表韦震玲心潮澎湃，30 多年前，她父亲也曾是参观团的一员，"如今各族儿女更要珍惜时代机遇，为实现中国梦团结奋斗！"

75 载长歌奋进，中华民族儿女共同谱写了人民共和国繁荣富强

★ 2024 年 8 月 14 日，第十二届全国少数民族传统体育运动会倒计时 100 天誓师大会现场。（新华社发　袁永东摄）

的壮丽史诗。展望未来，更加紧密地团结在以习近平同志为核心的党中央周围，心相通、情相融，志相同、力相聚，各族儿女共赴以中国式现代化全面推进中华民族伟大复兴的美好明天。(记者王明玉)

延伸阅读

传递 "爱与榜样"

——米娜瓦尔·艾力谱写民族团结的教育乐章

这个秋天，米娜瓦尔·艾力留下了一生都难以忘怀的记忆。

2024 年 9 月 27 日，全国民族团结进步表彰大会在北京举行，352 个模范集体、368 名模范个人受到表彰。作为 14 名上台领奖的全国民族团结进步模范个人代表之一，米娜身着精心定制的维吾尔族盛装，走上领奖台。

2024 年 10 月 1 日，国庆节当日清晨，米娜又来到天安门广场，与来自五湖四海的人们一同目送五星红旗在晨光中冉冉升起，共同庆祝新中国 75 周年华诞。

这个出生于新疆喀什，如今定居在浙江宁波的维吾尔族姑娘，目前是宁波职业技术学院的一名辅导员。

"能够在祖国 75 周年生日的特别时刻，在首都北京接受荣誉、参加活动、分享感受，我真的特别激动，甚至可以说是心潮澎湃。作为一名高校思政教育工作者，在今后工作中，我会牢记初心使命，像爱护眼睛一样守护民族团结，继续完善工作模式，帮助各族青年学生成长为有理想、有本领、有担当的新时代青年。"米娜说。

最初的种子

后来的许多故事，都始于 2006 年 9 月的那个夜晚。带着对远方的憧憬，告别父母亲人，坐了三天三夜火车，又搭了 5 个多小时大巴，20 岁的米娜终于在那晚抵达距离家乡 5200 多公里的宁波，一个未来会成为她第二故乡的城市。

作为新疆岳普湖县的高考理科状元，她即将进入宁波大学，成为学校招收的首批新疆籍少数民族学生中的一员。

时间已过午夜，走下大巴，热潮裹挟着蒙蒙细雨兜头而来，米娜和另外几个来自新疆的新生站在陌生的街头不知所措，旅途劳顿也让他们疲惫不堪。凌晨 1 点多，他们找到一家还亮着灯的小卖部，米娜作为普通话说得最好的人，给学校辅导员打了个电话。出乎意料的是，电话没响两声就被接起，那头传来辅导员的声音——"你们就在原地等一下，我们现在就来接你们。"

"辅导员知道我们来宁波的时间，联系不上我们也很担心。"米娜回忆，"真的，当时听到她这句话，我就像终于抓住一根救命稻草，那种感觉到现在都记忆犹新。"

在维吾尔语里，米娜的名字意思是"优秀的、独一无二的"。人如其名，她从小就是个优秀、要强、不爱抱怨和哭泣的孩子。但被接回学校，在寝室安顿下来，关上房门的那一刹那，米娜憋了一路的眼泪唰地落了下来。

宁波，好远啊，怎么会离家这么远，比想象的还要远……

在难以适应的闷热和不安里辗转反侧，快天亮时米娜才终于入睡。早上，她被一阵敲门声唤醒，打开门，看到一个"很漂亮、很有江南气质"的女老师，手里提着热腾腾的豆浆油条。"她是我的班主任，带着两个同学来看我，温柔、周到地给我介绍报到流程和学校的情况，让我很感动。"米娜说。

酸涩、无助、关怀、温暖……米娜的大学生活就这样开启。

读大学，是米娜第一次离开新疆出远门。她仍清晰记得最初那段日子有多难熬：气候太潮湿了、菜的口味太甜，吃不好睡不好，想着干脆回家乡算了……回想起来，她觉得，"所谓不适应气候、饮食，其实归根结底还是因为想家、想爸爸妈妈。"

后来是怎么适应的呢？"因为一些看似平常、点点滴滴的事情。"米娜说。

在宁波度过的第一个冬天很冷。来读书前，米娜听说宁波四季如春，冬天不下雪，于是一件厚衣服没带就来了学校，入冬后突然降温，大家穿上了羽绒服，来不及去买衣服的她还穿着一件运动服。

一天课后，教计算机的老师将米娜叫去办公室，问了问她学习、生活的情况，递给她一个袋子，说："我看你穿得挺少的，我给你买了两件毛衣，你要多穿一点。"

"那一刻我真的不知道该说什么，一下子有想哭的感觉。"米娜回忆，"她还塞给我一个信封，推着我收下，说有困难一定要告诉老师，不用跟老师客气。我抱着袋子，连一句'谢谢'都没有来得及说就被送出办公室，后来发现信封里面装了 400 块钱……"

她至今记得那时的心情——喜悦、感动又惭愧。"高兴、感动，因为我是第一次从爸爸妈妈以外的人那里感受到这种温暖。我心里想，这里的人怎么这么有爱？这不是爸爸妈妈才会做的事情吗？然后又很惭愧，觉得老师花了自己的工资给我买衣服。我就这样，拿着袋子一路想一路走回寝室。我特别想把这件事分享给家里人，我想爸爸妈妈听了会很放心。后来爸爸妈妈知道后，一定要寄点红枣核桃等家乡特产给老师。"

米娜说，就是这些日常小事，让她对宁波产生了越来越深的感情，在她心里种下了最初的种子。"这些点点滴滴的事情贯穿了我的整个大学生活，让我感受到亲人般的关怀和跨地域跨民族的深厚情谊，让我感觉我在这里不是外人。"

自然而然地，适应与转变悄然发生。回喀什过寒假时，有一天，她突然发觉自己挺想回宁波，想去校门外吃年糕，想和同学们去步行街逛街。

大学快毕业时，米娜有了留在宁波工作的念头，怀着矛盾的心情，她拨通了家里的电话。通常，像米娜这样远离家乡、外出读书的新疆学生，父母会更希望他们毕业后回到家里，但米娜得到了父母的支持。"我爸爸就一句话，你跟着自己的心走就行，大胆往前走，但如果干得不开心，就随时回来。"

大学期间，米娜的父母来过宁波两次。"我妈妈觉得这里的人特别好。比如坐公交车，看到他们拎着大包小包，一看又是从很远的新疆过来，人家会给他们让座。我妈妈来我寝室，我室友们可热情了，招呼她坐下，拿东西给她吃。她普通话不是太好，表达不出来，但心里特别高兴，感觉很温暖。"这些点点滴滴的印象，也是他们支持女儿留在宁波发展的原因。

2010 年，米娜毕业后留校做了一年行政助理。第二年，得知宁波职业技术学院将要招收第一批新疆籍少数民族学生，需要招聘专职辅导员，帮助这些学生适应这边的生活，米娜报名应聘并顺利被录取。

"我想，这些学生可能更需要我，我有跟他们相似的经历，走过他们即将要走的路，可以把我的经验告诉他们，让他们少走弯路，而我自己也更能够发挥所长，在工作中感受到自己的价值。"米娜说。

从不适应到喜欢，从接收爱到传递爱，从被温暖、被帮助，到温暖和帮助他人，带着向往与想象从西部边陲来到东部沿海的新疆姑娘，决定留在这片远离家乡但同样充满爱的土地上。

一个辅导员能做什么

当上辅导员后，无论工作日还是周末，米娜的大部分时间都与学生们一同度过。他们一起谈心、聚餐、逛街，一起读书、跳舞、打球……不知不觉间，米娜成了学生们愿意信赖，能够畅所欲言、分享心事的朋友，他们对她的称呼也从"米娜老师"变成了"娜姐"。

"我是跟学生一起成长起来的。"米娜回忆，"带第一批新生时，我自己也没有经验，是辅导员里的新生。在跟学生相处的过程中，不断反思和总结经验，不断遇到和解决问题，慢慢地，感到只做日常性的工作远远不够，还要以更大的社会责任感去探索创新，以学生们喜闻乐见的方式引领他们树立正确的价值观。"

米娜觉得，自己能做的、想做的都太多了，她从未停止过思考如何发挥自己的力量，做更多有意义的尝试。

为了让各族学生更好地了解彼此，帮初来乍到的民族地区新生尽快融入校园，米娜在学校里办起艺术团、足球队等社团，邀请各民族有文艺特长的学生参加，让学生们展现自我、结交朋友。有羞涩、孤独，总是回避与人交流的新疆女孩在舞台上找到了自信，收获了友谊，绽放出笑脸。

发现部分来自民族地区的学生普通话能力偏弱，上课听不明白，下课难与老师和同学交流，米娜主动向学校建议开设《汉语听力与阅读》公选课。她买来普通话教材，亲自担任讲师。慢慢地，有老师反映，班上的少数民族学生上课时不再总低着头，被提问时能开口回答，课下也能和同学们聊天了。

近年来，随着新入学的民族学生普通话水平显著提高，米娜已不再需要开设这门公选课。她留意到来宁波务工经商的少数民族群众越来越多，转而在2019年成立国家通用语言文字培训团，带着学生们走出校门，为在当地务工经商的少数民族群众义务提供普通话培训，帮助他们更好地融入当地。

培训团的老师多是精通汉语和少数民族语言的大学生，从基本的普通话培训，到教学员们用手机挂号看病、购买车票，再到结合职业技术学院的学科特色，在语言培训基础上，进行水电工、电商直播等职业技能培训，截至目前，这些年轻的老师们已为近千名少数民族群众开展了上千课时的培训。

米娜说，组建培训团，是希望引导学生们发挥所长，服务社会。"他们来到这边能愉快地学习和生活，受到了社会各界的关心爱护，通过这样一个平台，从受帮助到帮助他人，学生们能得到锻炼，也培养了社会责任感。"

读大学时，米娜常被好奇的内地同学们询问"你们在新疆骑马上学吗？""你们在新疆住蒙古包吗？""新疆能看到海鲜吗？"等问题，起初，她觉得这些提问很有趣，但随着时间推移，她逐渐发觉这些问题背后反映的是不同民族、地域之间还缺乏足够的相互了解。"我们是不是可以作为桥梁、纽带和种子，通过一种方式让大家了解不同民族、地域的风俗文化，实现一种文化交流呢？"

米娜发起成立了一支由各民族学生组成的"幸福石榴籽"宣讲队。在宁波，他们走进街道、社区，向当地居民介绍自己的家乡，交流来宁波后的感受；假期返乡，他们又走入家乡的田间地头、大街小巷，跟乡亲们分享自己到内地求学的经历和收获。学生们讲述的都是亲身经历的平凡小事，但每个朴素的小故事和每个讲故事的学生都是民族团结的生动见证。十年来，这样的宣讲活动已经举办了 670 余场，宣讲员们的足迹遍布全国 5 个自治州、7 个地区、49 个县（区），辐射受众超 8 万余人次。

在不断丰富创新高校民族学生思政教育模式的过程中，米娜发现，开展民族团结教育的一个难点，在于如何找到让各族学生都能被打动、激发共鸣的"共通点"。在深入了解不同民族历史文化的同时，她在实践中慢慢有所体悟，"比起单纯讲述特定民族、地域的故事，不如更多分享那些各族中华儿女共同参与、共同付出的鲜活事迹，例如各族人民共同保家卫国的故事，红军的故事等等"。

课外时间，米娜会带领各族学生参观革命烈士纪念馆、城市博物馆、鲁迅故居等文化地标，让他们亲身接触、切身感受脚下土地的厚重历史；她组织学生与当地小学的孩子一起参与剪纸、做漆扇等非遗体验活动，大手牵小手，共同领略中华优秀传统文化的魅力；她创办"树人讲堂"，邀请各界嘉宾来校办讲座，从"弘扬中华优秀传统文化，铸牢中华民族共同体意识"到"大学生职业生涯发展与就业能力提升"，从反电信诈骗和普法到女性生理健康知识科普，备受学生好评；她创设周末剧场，为学生们放映红色电影和励志影片，吸引了 1.3 万余人次观影；在民族电影与美食分享课上，米娜带学生们观看介绍各民族文化风俗、发展变化的影片，再一起品尝民族特色美食，在轻松的氛围中增进对中华民族多元文化的了解；她还组建了"幸福石榴籽"志愿服务队等公益服务团队，鼓励学生参与服务，在奉献爱心中充分交流互动……

从 2011 年 9 月至今，一晃眼，米娜已经在宁波职业技术学院做了 13 年辅导员，送走了 10 届、28 个民族的近 5000 名毕业生。

一群孩子毕业了，一群孩子又进入校园。学生们每时每刻都在成长和变化，米娜也时时刻刻关注着他们的成长，倾听他们的心声。每当学生们遇到新的问题和困惑，米娜似乎总能想出新点子，为他们排忧解难，指引方向。

"其实许多办法都是对症下药想到的，工作中发现问题后，我会想怎样能以学生们容易接受的方式来解决问题，如果有成效就继续打磨提升，成效不好就马上改变方式，没有别的捷径，就是这样一步一步做起来的。"米娜说。

2017 年，凭借丰富的实践经验，米娜在学校支持下成立了"米娜工作室"，提炼出一套做各民族青年学生思想政治教育与价值引领的"浸润式"思政教育工作模式和"米娜工作法"，针对不同学生群体的特点和需求，在学生入学到毕业的不同阶段，分层、分类、分时段地提供学业、生活、择业等方面的精准帮扶，助力学生们适应多元文化交融的高校生活和社会环境，也将铸牢中华民族共同体意识植根于教育的每个环节，潜移默化地感染和影响学生们。

如今的"米娜工作法"已在全国统一战线和全国高校广泛推广，米娜办公室也成为各族学生交往交流交融的窗口和平台，在推动民族团结、促进东西部经济文化交流等方面作出突出贡献。

"人一定要去做自己热爱的事情，并且用心做好，你就会有源源不断的灵感和冲劲。"做了13年辅导员，米娜依然对工作充满干劲，"我是个对自己要求比较严格的人，没法原地踏步，内心会驱动自己不断前进，摸索更好的工作方式，学生的反馈也是我进步的动力，辛苦归辛苦，真的是乐在其中。"

教育无他，唯爱与榜样

"米娜老师工作能力很强，但私下跟我们在一起时很温柔、很随和。她得了那么多奖、那么多荣誉，但这一点从没变过。"穆太力普·麦吐迪是米娜办公室的学生助理，他回忆说自己刚入学时，普通话没有现在这么好，跟老师说话会紧张，是米娜办公室的学长带着他适应校园，米娜不断给他机会，让他承担任务，告诉他别怕做得不好或者犯错，没有人会因此责备他。在这样的氛围里，他成长了很多。

跟在米娜身边，穆太力普见过她去想退学的同学宿舍里反复劝说，见过她为解决学生的困难四处奔走，见过她脚不沾地地忙碌。"一些事做起来不容易的。"他说着，竖起两根大拇指。

在米娜办公室，高耸的格子架上陈设着各式奖杯奖状，记录着米娜这些年来的付出与收获，她笑着说只有在领奖的那一刻可以放松，其他时间都是"累并快乐"。

"不仅我在付出，学生们给予了我更多。"米娜说，"看到有学生从一开始非常不愿意待在这里，不愿跟人沟通到慢慢会主动找我聊天、约我逛街，不需要很大的作为和成绩，就是这样一个转变，一点点进步就会让我心里觉得真好。还有，当学生有问题第一时间想到我的时候，我觉得做的一切都很值，作为辅导员的自豪感油然而生。"

没有什么比学生的成长更让米娜感到幸福与欣慰。

库尔班·肉孜刚入学时性格内向，不愿和人交流，一度因为家庭原因打算放弃学业，回乡打工。米娜一次次找他谈心，为他申请勤工俭学岗位，找本地学生和他结成学习对子，带他参加各种学校活动，让他担任义工服务队队长……一点点地，内向的男孩变得开朗起来，和同学们的关系越来越好，还会主动把自己的经验和收获介绍给学弟学妹。毕业后，他回到家乡，成了村里的统战干部。"很神奇！"米娜感叹，"我们能做的可能只是学生自己所付出的百分之几，但就是助推这一把，就能成为激发他们打开心扉、快速成长的动力。"

卡德旦·阿不都许库性格开朗，玩心重、点子多，为让他把特长和优点用得恰到好处，米娜让他担任班里的组织委员，学着组织同学们活动。毕业后，卡德旦成为家乡的税务干部，主动要求驻村，开展扶贫工作。他将在学校里学会的本领用在工作中，组织村民们一起跳舞、画画，一起学习普通话，了解党和国家的政策……2019 年，卡德旦获得新疆维吾尔自治区脱贫攻坚贡献奖，刚领完奖，他就在会场打电话向米娜报喜。

迪力木拉提·艾尼因为家中困难，大学三年一直领着学校的助学金，米娜还为他申请了勤工俭学岗位。毕业后，迪力木拉提回乡创业，开了家电子商务公司。公司发展迈入正轨后，他联系米娜，专程返回宁波向母校捐款，希望帮助更多像自己一样的学生顺利完成学业，又为有返乡意愿的新疆学弟学妹们提供实习就业岗位。

让米娜感到骄傲的学生还有很多：那个驻守在帕米尔高原上，忠诚勇敢的塔吉克族护边员；那个惴惴不安地由米娜开车送去面试，最后留在宁波成为小学体育老师的足球队队长；那些像米娜的弟弟妹妹一样，茁壮成长，令她从未感到孤单的孩子们……

"在我看来，没有变不好的学生。"米娜强调，每个学生情况都不同，没有固定公式可以套用，"做学生工作一定要走心。有时候，你也会失落，也会受打击，我会先反思是不是自己的工作方式方法有问题。辅导员这份工作需要不断学习提升，跟上时代的进步和年轻人的变化，过程很难，但做喜欢的事，付出的辛苦会让你的获得感像一瓶好香水，拥有更丰富的层次和香气。"

在大三女生阿依努尔·艾山眼里，米娜就像一朵雪莲花，让她亲近又崇拜。她扳着手指认真解释："一个，她好看、漂亮，像雪莲花；一个，她坚强、强大，像长在高海拔雪山上的雪莲花；一个，她对人们很有用、有帮助，雪莲花也是一种对人有益的药材。"

许多次，有学生对米娜说将来想成为她这样的人，她为此开心，感到"心里踏实"。米娜笃信一句格言："教育无他，唯爱与榜样。"她相信，给予学生们更多爱，并且言传身教，就一定可以帮助他们成长，也促使自己进步。

米娜说，曾经，遇到的人们给了她"爱与榜样"，如今，她希望将"爱与榜样"的力量传递给自己的每个学生，希望他们像蒲公英的种子，飞向祖国大地，生根开花，成为祖国的建设者和铸牢中华民族共同体意识的坚定拥护者与忠实践行者。（记者王京雪）

为国家发展提供有力的水安全保障

——新中国成立 75 周年水利事业发展成就综述

民生为上，治水为要。

新中国成立 75 年来，中国共产党领导全国人民开展了波澜壮阔的水利建设，建立起世界上规模最为宏大的水利基础设施体系，水利面貌发生历史巨变。

党的十八大以来，习近平总书记站在实现中华民族永续发展的战略高度，提出"节水优先、空间均衡、系统治理、两手发力"治水思路，确立国家"江河战略"，擘画国家水网建设，把我国治水水平提升至新的高度，推动水利事业取得历史性成就、发生历史性变革。

守护江河安澜　防汛抗旱能力全面提升

2024 年夏天，长江经历了多轮洪水的严峻考验。以三峡水库为核心的长江上中游水库群发挥关键作用，成功抵御 3 次编号洪水，有力守护长江安澜。而在两年前，长江流域发生新中国成立以来最严重旱情，水利部门实施长江流域水库群抗旱保供水联合调度专项行动，保障了 1385 万人饮水安全和 2856 万亩秋粮作物灌溉用水需求。

长江流域的防汛抗旱，是全国水旱灾害防御能力的一个缩影。

自古以来，我国水资源时空分布不均、水旱灾害频发。新中国成立初期，全国只有水库 1200 多座，堤防 4.2 万公里，大江大河基本没有控制性工程。

新中国成立以来，党和国家高度重视洪涝灾害防治工作，集中力量兴修水利、防治水害，水利基础设施得到恢复和发展。改革开放以来，大江大河治理明显加快，特别是 1998 年长江、嫩江、松花江特大洪水后，水利基础设施建设大规模展开。党的十八大以来，我国着力推进重大水利工程和灾后水利薄弱环节建设，水利基础设施建设进入新的历史时期。

长江三峡、黄河小浪底、淮河临淮岗、海河流域密云水库等一大批控制性水利枢纽工程建成并发挥效益，长江中下游防洪能力大大提升，黄河下游"三年两决口、百年一改道"的历史彻底改写，淮河紊乱的水系逐步理顺，海河水患得到有效治理。

75 年不懈奋斗，我国持续构建完善流域防洪工程体系、雨水情监测预报体系、水旱灾害防御工作体系，水旱灾害防御能力实现整体性跃升，困扰我国数千年的大水大灾难、大旱大饥荒状况逐步消除。

截至 2023 年底，全国各类水库从新中国成立之初的 1200 多座增至 9.5 万座，总库容从 200 多亿立方米增至近 1 万亿立方米，5 级以上江河堤防达 32.5 万公里，大江大河干流基本具备了防御新中国成立以来最大洪水的能力。

构建国家水网 水资源配置格局不断完善

最新统计显示，南水北调东、中线一期工程已累计调水 752 亿立方米，为沿线 40 多座大中城市、1.85 亿人提供稳定优质水源。

从 1952 年毛泽东主席提出南水北调的宏伟构想，到 2002 年国务院正式批复《南水北调工程总体规划》和开工建设，再到 2013 年 11 月和 2014 年 12 月东、中线一期工程分别建成通水，南水北调工程有力地改善了北方地区特别是黄淮海地区水资源条件和水资源承载能力。

展读中国水图，我国基本水情呈现夏汛冬枯、北缺南丰，水资源时空分布极不均衡。

75 年来，一批跨流域调水和区域水资源配置工程先后建成。引滦入津结束了天津人民喝苦咸水的历史；东深供水解决了香港和深圳的缺水问题；牛栏江—滇池补水、甘肃引洮一期、青海引大济湟等区域性引调水工程，四川亭子口、贵州黔中等重点水源工程建成，为国民经济和社会区域均衡发展提供了坚实的水资源保障。

党的十八大以来，我国先后部署推进 172 项节水供水重大水利工程、150 项重大水利工程。引汉济渭、珠江三角洲水资源配置等一批跨流域、跨区域重大引调水工程建成通水，环北部湾广东、广西水资源配置工程，吉林水网骨干工程，黑龙江林海水库等一批重大水资源配置和调蓄结点工程开工建设。

新中国成立初期，全国供水总量仅 1031 亿立方米。75 年后，我国水利工程供水能力超过 9000 亿立方米，有力地保障着经济社会持续快速发展。

75 年来，我国水工技术实现从跟随模仿到自主创新的历史性跨越。长江三峡、南水北调、黄河小浪底等世界级水利工程以及溪洛渡、向家坝、白鹤滩等巨型水电项目建成运行，标志着我国水利水电工程设计、施工和建造技术实现重大突破，跻身国际先进水平。

目前，我国正加快构建国家水网，全面增强水资源统筹调配能力、供水保障能力和战略储备能力。

保障农业命脉　供水保障能力大幅提高

2024 年 9 月 8 日，随着宁夏盐环定扬水工程一泵站进水闸闸门落下，宁夏引黄灌区夏秋灌顺利结束。

新中国成立初期，我国引黄灌溉面积仅 1200 万亩，2023 年达 1.27 亿亩，有力地促进了农业发展和保障了粮食安全。

水利是农业的命脉。1949 年，我国耕地灌溉有效面积仅 2.4 亿亩，2023 年底达 10.75 亿亩。在占全国耕地面积 56% 的灌溉面积上，生产了占全国总量 77% 的粮食和 90% 以上的经济作物。

新中国成立后，安徽淠史杭、山东位山、河南红旗渠等灌区建立。全国目前已建成大中型灌区 7300 多处，数亿亩农田从"靠天吃饭"变成"旱涝保收"，彻底改变了过去灌排能力严重不足、粮食生产能力低下的状况。

75 年来，我国始终把节水作为解决水资源短缺问题的根本之策。实施大中型灌区续建配套节水改造，推动了东北节水增粮、西北节水增效、华北节水压采、南方节水减排。在农业用水保持稳定的情况下，灌溉面积和粮食产量稳步增加。

农村饮水安全问题，曾经困扰着亿万农民。我国先后实施人畜饮水和饮水解困工程，解决严重缺水地区饮水困难问题。进入"十三五"以来，农村饮水安全保障工作转入巩固提升阶段。2023 年，全国农村自来水普及率达到 90%。

农村供水设施从无到有，群众取水从难到易，供水质量从差到好。众多农民祖祖辈辈肩挑背扛才能吃上水的历史一去不返。

75 年来，党和政府高度重视水环境治理、水生态保护。特别是党的十八大以来，在习近平生态文明思想指引下，我国河湖治理保护水平不断提升，越来越多的河流恢复生命、流域重现生机：黄河实现连续 25 年不断流，黑河下游东居延海连续 20 年不干涸，断流百年的京杭大运河连续 3 年全线水流贯通，永定河断流 26 年后实现全年全线有水……

新时代新征程，水利部门正以新的步伐阔步向前，奋力推动水利高质量发展，为以中国式现代化全面推进中华民族伟大复兴提供有力的水安全保障。（记者刘诗平、魏弘毅）

延伸阅读

南水北调的世纪答卷

——世界最大调水工程改变中国供水格局

这是一项跨世纪的调水工程——论证半个世纪，21世纪初开工建设，2014年12月东、中线一期工程全面通水；

这是世界上最大的调水工程——跨越长江、淮河、黄河、海河四大流域，东、中线一期工程干线长达2899公里。

这就是习近平总书记称之为"事关战略全局、事关长远发展、事关人民福祉"的南水北调工程。

统计显示，南水北调东、中线一期工程已累计调水753亿立方米，为沿线40多座大中城市、1.85亿人提供稳定水源。

世界最大调水工程问世

南水北调工程——旨在破解我国水资源"北缺南丰"问题的超级工程，缘起于20世纪五十年代初。1952年，毛泽东主席视察黄河时说："南方水多，北方水少，如有可能，借点水来也是可以的。"

从宏伟构想提出，到2002年国务院正式批复《南水北调工程总体规划》并动工实施，南水北调工程的论证工作历经半个世纪，最后形成东、中、西三条调水线路，连通长江、淮河、黄河、海河，构建"四横三纵、南北调配、东西互济"的水资源配置格局。

★ 这是 2024 年 10 月 11 日拍摄的位于江苏省扬州市江都区的南水北调东线一期工程邵仙套闸、
邵仙闸洞（无人机照片）。（新华社发　任飞摄）

　　国内规模最大的大坝加高工程、规模最大的泵站群、超大型渡槽、大口径输水隧洞……数十万建设者持续奋战，攻克一个个技术难关。2013 年 11 月和 2014 年 12 月，南水北调东、中线一期工程分别建成通水。东线从扬州抽引长江水，利用京杭大运河及与之平行的河道逐级提水北上；中线从丹江口水库陶岔渠首闸引水入渠自流抵达北京、天津，向沿线豫、冀、津、京供水。

　　作为世界最大的调水工程，南水北调工程正在重塑我国水资源分配格局。

1.85 亿人直接受益

"以前的水苦咸，现在的南水甘甜。"来到黑龙港流域的河北省邯郸、邢台、衡水、沧州等地采访，记者时常听到当地百姓为南水叫好。

黑龙港流域是黄淮海平原盐渍危害最严重的地区之一，地下水苦咸、高氟。南水北调中线通水后，支撑地方实施生活水源置换，助力黑龙港流域 500 多万人告别了饮用高氟水、苦咸水的历史。

"通水将近 10 年，南水北调中线供水水质稳定在地表水水质 Ⅱ 类以上，沿线人民从'有水吃'向'吃好水'转变。"中国南水北调集团有限公司总经理孙志禹说。

目前，南水北调工程为 1.85 亿人提供稳定水源。南水已占北京城区供水的 70% 以上，天津市主城区供水几乎全部为南水，河南省 10 余个省辖市用上南水。南水已由原来规划的补充水源跃升为多个城市的重要水源，推动当地经济高质量发展。

在优化水资源配置、保障群众饮水安全的同时，南水北调工程有力促进河湖生态环境复苏。

水利部南水北调司副司长袁其田表示，通水以来，南水北调中线助力沿线 50 多条河流生态复苏，永定河、滹沱河、大清河等实现全线贯通。华北地区自 20 世纪七十年代以来地下水水位逐年下降的趋势得到根本扭转，初步实现地下水采补平衡；东线北延应急供水工程向京杭大运河补水，连续 3 年助力京杭大运河全线水流贯通。

加快构建国家水网主骨架和大动脉

2024 年 10 月 1 日，在南水北调中线引江补汉工程输水隧洞 8 号平洞施工现场，工程首台硬岩掘进机"江汉先锋号"开始组装，组装完成后将承担引水隧洞主体工程掘进任务。

孙志禹表示，2022 年 7 月开工的引江补汉工程，是南水北调后续工程首个开工项目。工程从长江三峡库区引水至汉江丹江口水库下游安乐河口，输水线路总长 194.7 公里。工程建成后将联通南水北调工程与三峡工程，进一步打通长江向北方输水通道。

2021 年 5 月 14 日，习近平总书记在推进南水北调后续工程高质量发展座谈会上强调，加快构建国家水网主骨架和大动脉，为全面建设社会主义现代化国家提供有力的水安全保障。

2023 年 5 月发布的《国家水网建设规划纲要》提出，到 2035 年基本形成国家水网总体格局，国家水网主骨架和大动脉逐步建成，省市县水网基本完善，构建与基本实现社会主义现代化相适应的国家水安全保障体系。

新时代新征程，国家水网建设加快推进，全面增强水资源统筹调配能力、供水保障能力和战略储备能力。

水利部规划计划司相关负责人表示，将加快推进南水北调后续工程高质量发展，加快推进西线工程、东线后续工程前期工作，高质量建设中线引江补汉工程，加快实施防洪安全风险隐患处理，加快完善国家水网主骨架和大动脉。（记者刘诗平、魏弘毅）

为民族复兴尽责　为人类进步担当

——新中国成立 75 周年外交成就综述

　　新中国成立 75 年来，在中国共产党领导下，我国始终坚持独立自主的和平外交政策，坚定捍卫国家主权、安全、发展利益，坚定维护国际公平正义。日益走近世界舞台中央的中国，为人类和平与发展的崇高事业不断作出新的更大贡献。

　　大道之行，天下为公。新时代新征程，以习近平同志为核心的党中央，统筹中华民族伟大复兴战略全局和世界百年未有之大变局，全面推进中国特色大国外交，推动构建人类命运共同体，中国外交取得新的举世瞩目的成就，中国国际影响力、感召力、塑造力显著提升。

推动构建人类命运共同体　为解答时代之问、世界之问贡献中国方案

　　2024 年 6 月 28 日，北京人民大会堂，和平共处五项原则发表 70 周年纪念大会隆重举行。互相尊重主权和领土完整、互不侵犯、互不干涉内政、平等互利、和平共处——70 年前，和平共处五项原则正式发表，成为国际关系史上的伟大创举。

　　历史的接力一棒接着一棒向前奔跑，人类进步事业在对时代之问的回答中一程接着一程向前迈进。进入新时代，面对"建设一个什么样的世界、如何建设这个世界"的重大课题，中国又给出了构建人类命运共同体这个时代答案。

　　凡益之道，与时偕行。从倡导和平共处五项原则，到推动构建人类命运共同体，中国外交在国际风云激荡中成长奋进。现在，构建人类命运共同体已经从中国倡议扩大为国际共识，从美好愿景转化为丰富实践，有力推动世界走向和平、安全、繁荣、进步的光明前景。

　　载入中国共产党章程和国家宪法，多次写入联合国、上海合作组织等多边机制重要文件……推动构建人类命运共同体，成为新时

★ 这是 2024 年 8 月 29 日在北京国家会议中心附近拍摄的 2024 年中非合作论坛峰会标识。（新华社记者任超摄）

代中国特色大国外交追求的崇高目标，得到国际社会日益广泛的认同与支持。

中非关系整体定位提升至新时代全天候中非命运共同体，中国－东盟命运共同体建设持续推进，中阿、中拉、中国－太平洋岛国等命运共同体建设蹄疾步稳……如今，构建人类命运共同体成为越来越多国家和地区的共同行动，中国倡议在世界范围内的实践伟力日益彰显。

从倡导建设持久和平、普遍安全、共同繁荣、开放包容、清洁美丽的世界，到弘扬和平、发展、公平、正义、民主、自由的全人类共同价值；从提出全球发展倡议、全球安全倡议、全球文明倡议，到推动平等有序的世界多极化、普惠包容的经济全球化……一个个中国倡议、中国方案，在变乱交织的世界有力指引人类社会前进方向。

"一个国家、一个民族对世界和人类作出的贡献，不仅在于创造了多少物质，还在于提出了什么理念。"谈到推动构建人类命运共同体等中国倡议，希腊前总统帕夫洛普洛斯由衷赞叹。

推动构建新型国际关系
深化拓展平等、开放、合作的全球伙伴关系网络

1949 年 10 月，在人民共和国诞生的喜悦中，新中国第一批外交使者骑着自行车，穿过北京街头兴奋的人群，将《中华人民共和国中央人民政府公告》送到各国旧驻华机构代表手中。

新中国成立以来，中国坚定奉行独立自主的和平外交政策，在

国际社会广交朋友。进入新时代，中国推动构建相互尊重、公平正义、合作共赢的新型国际关系，持续建设覆盖全球的伙伴关系网络，"对话而不对抗、结伴而不结盟"的国与国交往新路越走越坚实。

2024 年 1 月 24 日，北京钓鱼台国宾馆 12 号楼内温暖如春。中国、瑙鲁两国政府代表在这里签署中瑙关于恢复外交关系的联合公报。中国建交国总数达到 183 个。

促进大国协调和良性互动，推动构建和平共处、总体稳定、均衡发展的大国关系格局；坚持亲诚惠容理念和与邻为善、以邻为伴周边外交方针，深化同周边国家友好互信和利益融合；秉持真实亲诚理念和正确义利观加强同发展中国家团结合作，维护发展中国家共同利益……新时代中国不断完善总体外交布局，朋友圈越来越大。

相知无远近，万里尚为邻。

1971 年 10 月 25 日，第二十六届联合国大会以压倒性多数通过第 2758 号决议，决定恢复中华人民共和国在联合国的一切权利，承认中华人民共和国政府代表是中国在联合国的唯一合法代表。决议通过那一刻，联合国大会厅顷刻沸腾，掌声、歌声、欢呼声交汇在一起，经久不息……

75 年间，从被西方世界拒之门外，到加入几乎所有普遍性政府间国际组织和 600 多项国际公约；从在世界银行、国际货币基金组织投票权份额升至第三位，到推动成立新开发银行、亚洲基础设施投资银行……中国的国际话语权全面提升。

75 年间，从日内瓦会议、万隆会议登上国际舞台，到恢复联合国合法席位；从推动成立上海合作组织这个以中国城市命名的地区性合作组织,到举办二十国集团杭州峰会、金砖国家领导人厦门会晤、"一带一路"国际合作高峰论坛等重大主场外交,中国外交不断书写新的时代华章。

提出和践行系列全球性倡议
为人类和平与发展的崇高事业贡献中国力量

这是中非合作论坛北京峰会期间令人难忘的一幕:2024 年 9 月 4 日上午,习近平主席同坦桑尼亚总统哈桑、赞比亚总统希奇莱马,共同见证签署《坦赞铁路激活项目谅解备忘录》。

坦赞铁路,书写了可歌可泣的特殊情谊,也承载着实现现代化的共同梦想。半个多世纪前,5 万多名中国工程技术人员远赴非洲,用汗水、鲜血乃至生命筑成了坦赞铁路。今天,中国同坦桑尼亚、赞比亚签署激活这一铁路的文件,既是告慰先人,更是激励后人,让这条友谊之路在新时代焕发新的生机。

从"坦赞铁路"到"一带一路",中国人民始终致力于推动共同发展,不断以中国新发展为世界提供共赢新机遇。

2013 年,习近平主席提出共建"一带一路"重大倡议。以互联互通为主线,同各国加强政策沟通、设施联通、贸易畅通、资金融通、民心相通,高质量共建"一带一路"为世界经济增长注入新动能,为全球发展开辟新空间,为国际经济合作打造新平台。

如今,中国与 150 多个国家、30 多个国际组织签署 230 多份共建"一带一路"合作文件。跨越不同文明、文化、社会制度、发

★ 2021 年 12 月 3 日，中老铁路正式开通运营。这是"澜沧号"动车组通过中老友谊隧道内的
　两国边界（2021 年 10 月 15 日摄）。（新华社发　曹安宁摄）

展阶段差异，共建"一带一路"汇集着人类共同发展的最大公约数。

　　百年变局加速演进，世界进入新的动荡变革期。和平赤字、发展赤字、安全赤字、治理赤字有增无减，人类社会面临前所未有的挑战。

　　发展是人类社会的永恒主题。从濒临被"开除球籍"到成为世界第二大经济体，中国创造了人类社会发展史上惊天动地的发展奇迹。2021 年，当全球发展事业遭遇逆风，中国提出全球发展倡议，秉持发展优先、以人民为中心等理念，推动加快落实 2030 年可持续发展议程，致力实现更加强劲、绿色、健康的全球发展。

　　3 年来，全球发展倡议得到 100 多个国家及包括联合国在内的多个国际组织支持和参与，加入"全球发展倡议之友小组"的国家超过 80 个。中方成立全球发展和南南合作基金，已经支持了 150 多个项目，全球发展促进中心网络建设全面铺开。

安全是发展的基础和前提。70 多年来，中国始终是世界和平与安全的坚定维护者。2022 年，面对层出不穷的国际安全挑战，中国提出全球安全倡议。斡旋沙特与伊朗"握手言和"，促成巴勒斯坦内部各派别实现历史性和解，推动政治解决乌克兰危机，深化反恐、信息安全、生物安全、人工智能治理、公共卫生、打击跨国犯罪等领域国际合作，中国彰显负责任大国担当。

化解人类面临的突出矛盾和问题，需要依靠物质的手段攻坚克难，也需要依靠精神的力量诚意正心。

2023 年，为促进文明交流互鉴、丰富世界文明百花园，中国提出全球文明倡议。举办亚洲文明对话大会、中国共产党与世界政党高层对话会、中国－中亚峰会……新时代中国为不同文明和谐共处、美美与共搭建更多新平台。

为民族复兴尽责，为人类进步担当。在习近平外交思想指引下，中国特色大国外交进入了一个可以更有作为的新阶段。新征程上，中国同世界相互交融、相互成就，必将为促进人类和平与发展事业、推动构建人类命运共同体作出新的更大贡献。（记者郑明达、温馨、刘杨、袁睿）

中非，共"舞"向未来

舞，是情感的表达，是文化的交流，是心灵的沟通。

在元首外交现场，在"一带一路"合作项目开通仪式上，在人文交流活动中，中非人民常常通过热烈欢快的舞蹈，传递对真朋友、好伙伴的真挚情感，定格了一个又一个携手共"舞"的动人瞬间。

肝胆相照的共舞

1971 年 10 月 25 日，第 26 届联合国大会通过恢复中华人民共和国在联合国合法席位的第 2758 号决议。提案的 23 个国家中，有 11 个非洲国家；76 张赞成票中，26 张来自非洲国家。决议通过后，在场不少非洲国家代表情不自禁站起来，舞起来。

现年 80 岁的赞比亚前外长姆旺加是当时赞比亚常驻联合国代表。他向记者回忆说，人们欢呼雀跃，雷鸣般的掌声和欢呼声经久不息。"这对世界来说也是非常快乐的一天，这将改变我们习以为常的世界格局。"

时任坦桑尼亚常驻联合国代表、身着中山装的萨利姆在现场欢快起舞。"这是非洲的文化，每当人们达成成就，每当人们感到高兴，就会载歌载舞。"坦桑尼亚达累斯萨拉姆大学中国研究中心主任汉弗莱·莫西告诉记者。

2024年3月，在达累斯萨拉姆举行的中非智库论坛会议上，中非50国学者联合发表了"中非达累斯萨拉姆共识"，推动完善全球治理体系，呼吁改革国际金融架构，维护开放包容的多边贸易机制。

"期待你们在'中非达累斯萨拉姆共识'基础上，加大对'全球南方'国家发展道路、中非和南南合作的研究探索，继续为构建高水平中非命运共同体、维护'全球南方'共同利益提供重要智力支持。"习近平主席日前复信非洲50国学者时这样寄语。

莫西参加了2024年3月的中非智库论坛会议，也是此次联名致信习近平主席的学者之一。他认为，"中非达累斯萨拉姆共识"对南南合作具有重要意义，促进"全球南方"携手建立更加公正合理的国际秩序。多年来，中非在双多边合作机制中坚持互利共赢、团结协作，展现了南南合作的巨大潜力，为全球治理提供新的范例。

携手发展的共舞

2017年5月31日，蒙内铁路建成通车。首班客运列车抵达内罗毕南站后，车站广场上的人们跳起民族舞蹈，现场犹如欢乐的海洋。

"那支舞代表了幸福、力量和团结。"非洲之星铁路运营公司的员工尼尔森·阿新瓦说，"人们相聚在一起，拥抱非洲文化，表达欢乐，庆祝合作。"

作为肯尼亚独立后最大的基建工程之一，蒙内铁路是中非共建"一带一路"旗舰项目，极大推动当地经济发展，是不少人心目中的"发展之路""幸福之路"。

★ 肯尼亚首都内罗毕拍摄的蒙内铁路内罗毕站（无人机照片）。（新华社记者韩旭摄）

　　阿新瓦告诉记者，习近平主席提出共建"一带一路"倡议以来，更多中国伙伴来到肯尼亚投入建设，为互联互通打开新局面，"肯尼亚和中国'共舞'在同一旋律之下"。

　　2023 年 10 月 18 日，习近平主席在会见来华出席第三届"一带一路"国际合作高峰论坛的肯尼亚总统鲁托时指出，近年来，中肯合作实施了蒙内铁路、蒙巴萨油码头等一大批项目，共建"一带一路"倡议在肯尼亚开花结果，让两国人民增强了获得感。

　　非洲疾控中心、塞内加尔方久尼大桥、肯尼亚机场快速路……一大批竣工移交的重点合作项目见证着中非双方在构建新时代中非命运共同体的道路上携手同行。新时代以来，从"十大合作计划"到"八大行动"再到"九项工程"，中非务实合作领域不断拓展，取得丰硕成果。一条条新建公路、铁路，一座座桥梁、港口，改变着非洲大陆基础设施面貌和公共服务水平，扎扎实实造福当地民众。

2013年3月，习近平主席对刚果共和国进行国事访问，受到热情隆重欢迎。数万名当地民众挥舞两国国旗，热烈欢呼歌唱，伴随着欢快的鼓乐，载歌载舞。

当时，巴纳埃科洛歌舞团用富有感染力的民族舞蹈，欢迎中国贵宾的到来。舞团副主席杰罗姆·姆邦戈至今对此记忆犹新。11年来，他和同事多次赴华演出交流，亲眼见证了中国的飞速发展，也感受到刚中两国多领域交流合作越发紧密。

姆邦戈说，得益于刚中之间"真诚、互利、和谐的合作"，刚果（布）国家一号公路等多个重要项目成功实施，"今天的刚果（布）面貌一新"。

相知相亲的共舞

2024年5月27日，位于云南金平的中国—赤道几内亚友谊小学，孩子们身着民族服饰，唱起歌、跳起舞，与当时正对中国进行国事访问的赤道几内亚总统奥比昂视频连线，气氛欢快而亲切。

这所学校由赤道几内亚捐建。"这支舞，这首歌，献给赤道几内亚的朋友们，我们想表达感激与快乐。"学生张睿洋说。"我们愿成为中非友好的小使者，为中非命运共同体的未来作出贡献。"

2013年3月，习近平主席在访问南非时见证了中南双方签署德班理工大学孔子学院共建协议。2023年4月，为庆祝联合国中文日，在名为"心相近·舞相融"的活动中，这所孔子学院的舞蹈团以充满力量感的祖鲁族传统舞蹈，同中国等国舞者"云端相聚"，联合演绎名为《同》的舞蹈。对中文和中国文化的长期学习，让舞者们对"天下大同"的文化内涵有了更多的理解。

2023 年 8 月，习近平主席复信这所孔子学院的师生，鼓励他们学好中文，为传承发展中南两国友好事业、促进中非友谊合作贡献力量。

近年来，这所孔子学院将中文同职业发展、创新创业等结合起来。2024 年 8 月，在孔子学院组织下，数十名该校师生参加了"中文＋电商"培训课程。"我不仅对中文学习充满热情，也对未来发展有了更明确的规划。"学生西内古古·尼吉迪说。

多年来，众多南非青年通过学习中文，了解了中国的历史文化，拓宽了职业选择的道路，实现了人生的梦想。从开办孔子学院、鲁班工坊，到提供学历学位教育和奖学金、组织青年研修，再到开展旅游、影视合作，广泛丰富的人文交流为新时代中非合作注入源源不断的活力。在元首外交推动下，中非跨越山海，携手续写一个又一个民相亲、心相近的故事。

习近平主席 2018 年访问卢旺达时，卢旺达国家芭蕾舞团团长让·因托雷在机场欢迎人群中，以当地传统舞蹈迎接贵宾。近年来，他带领舞团到北京、上海演出，与中国同行学习交流。"中国音乐家很快学会了我们击鼓的方式。"因托雷说，"通过舞蹈和音乐，我们有了更多相互了解的机会。"

因托雷将中非合作交流比喻为一场"和谐的共舞"："相互支持，默契配合，踩准节拍，向着共同的目标迈进！"（记者张远、彭立军、代贺）

附　录

共同开创新的历史

——国家勋章和国家荣誉称号颁授仪式侧记

人民大会堂金色大厅，厚重的金色大门徐徐打开。目光聚焦，掌声如潮——习近平总书记同国家勋章和国家荣誉称号获得者们一同步入会场。

2024 年 9 月 29 日上午，首都北京，国之盛典，以国家之名褒扬英雄，以国士之礼致敬功臣。

"他们的先进事迹和突出贡献将永载共和国史册，他们忠诚、执着、朴实的优秀品格值得全党全国各族人民学习。"

金秋，金厅，金章

金色的秋天，收获的季节。中华人民共和国迎来 75 周年华诞，在五千多年历史长河中，这 75 年无疑是辉煌闪耀的历史时间。

从帕米尔高原的边关而来，从科技攻关的实验室而来，从更新换代的海岸港口而来，从底蕴深厚的学术殿堂而来，从黄土高原的基层医院而来……他们是千千万万为党和人民事业作出贡献的杰出人士代表。

载着英雄的礼宾车队从住地出发，在摩托车组成的国宾护卫队护卫下，驶上复兴路，驶入长安街，驶向人民大会堂。

十里长街繁花似锦，高楼大厦鳞次栉比，见证共和国沧桑巨变。车队驶过新华门，门内影壁上的"为人民服务"五个大字，映照着国家功臣的拳拳初心。

他们的人生、事业、精神在这个金色的时节沉淀。今天，党和人民给予他们最高礼赞。

载着英雄的礼宾车队，抵达人民大会堂。

鲜艳的红毯从大会堂东门铺下，肩枪礼兵庄严伫立，朝气蓬勃的少年挥动出红旗的海浪。"欢迎欢迎，国家功臣，向您致敬！"的欢呼声一浪高过一浪，深情的《红旗颂》旋律奏响。

人民英雄，步入人民殿堂。

五星红旗和共和国勋章、友谊勋章、国家荣誉称号奖章图案交相辉映。金章之上，国徽、五角星、中国结、万年青，隽永的铭刻，彰显中国形象、中国气质、中国精神，熠熠生辉，光彩夺目。

金色大厅南北，巨幅国画《黄河，母亲河》和《长江万里图》气势恢宏，在大江大河浩瀚深长的历史河道里，流淌着我们生生不息的民族精神和时代精神。

时针即将指向10时。现场的人们全体起立，屏息凝神。

大门缓缓开启，顿时掌声雷动。习近平总书记同国家勋章和国家荣誉称号获得者一同步入会场。

这一刻，江河见证，人民见证。

国礼，国士，国魂

《义勇军进行曲》铿锵奏响，雄浑的旋律澎湃着历史回响。"起来！不愿做奴隶的人们！把我们的血肉，筑成我们新的长城！"

75 年栉风沐雨，75 载壮歌以行，正是一位位英雄模范、民族脊梁，筑起共和国"新的长城"。

《向祖国英雄致敬》的乐曲声响起，习近平总书记走上授勋台，为国家勋章和国家荣誉称号获得者颁授勋章奖章。

"黄宗德，17 岁入伍投身革命，在渡江战役、江西剿匪、抗美援朝战争中冲锋在前，屡立战功，为保家卫国浴血奋战，是英勇顽强、不怕牺牲的战斗英雄。"

随着现场响亮的唱名词，一身整齐绿军装、93 岁的革命老兵黄宗德坐着轮椅，在工作人员推扶下来到授勋台中央。

人民共和国成立之年，正是这位老兵的入党之时。从贫苦少年到革命战士，多少次枪林弹雨，多少回九死一生，他为人民共和国立下卓著功勋。

习近平总书记俯身，双手紧紧握住黄宗德的手，为他佩挂上共和国勋章："您老保重好身体。"

"人民卫士""人民艺术家""人民科学家""人民教育家""人民医护工作者"……金色大厅里，"人民"二字一次次回响。

他们走上授勋台，坚定的脚步中，有一股生命力量、国家意志、民族精神，澎湃而不竭。

"人民工匠"许振超身姿挺拔，步伐矫健。今年 5 月，在山东日照港考察时，习近平总书记还专门问起许振超的近况。

从一名普通码头工人成长为"学习型、知识型、创新型"的当代产业工人杰出代表，"振超效率"享誉世界。

"感谢总书记的关心，我一定不辱使命，带出更多创新型的大国工匠。"面对总书记，许振超坚定地说。

总书记回应道："好！我们这个国家就是要大干！"

带领中国乒乓球女队夺得十届世乒赛团体冠军、三枚奥运金牌的张燮林，精神矍铄。

如今，他依然心系体育强国梦，躬身力行推广乒乓球运动。

总书记笑着对他说："我从小就是球迷。当年，你带领中国乒乓球队拿了这么多冠军，很了不起。"

坚守西部半个多世纪的陕西佳县医生路生梅来了。从"小路大夫"到"路奶奶"，这一路，曾经的北京姑娘青丝霜染、热血依然。"为佳县人民服务五十年"的承诺，她"超额"完成了。推广新法接生、科学育儿，路生梅为曾经落后的小县城建起第一个正规儿科。

总书记赞许道："你把陕北那里的医生也都教出来了。"

"谢谢总书记，欢迎您再来陕北。"路生梅，这枝"梅"已深深扎根黄土地。

一次次掌声，为英雄而响起。

为新中国浴血奋战，为中国载人航天发展制定蓝图，三代人为国护边，一路续写"国球"辉煌，编纂中国法制通史，一心扑进中国超导研究……"国"，是他们初心所在、职责所系、人生所依。

"这不是我一个人的荣誉，这份荣耀属于人民军队的每一员。"虽然已行动不便，发言台前，黄宗德仍坚持站立起来。

浓浓的乡音，浓浓的家国情。"还有千千万万英烈，为了民族独立、人民解放和国家富强，牺牲了自己的宝贵生命，他们是真正的英雄。今天这份崇高的荣誉，同样属于他们。"此时此刻，黄宗德想起了他长眠的战友们。今日之中国，他们回眸应笑慰。

老兵敬礼，全场报以长时间的热烈掌声。

一束束鲜花，为英雄而绚烂。

少先队员向国家勋章和国家荣誉称号获得者献上鲜花。胸前的红领巾，映衬着天真的脸庞。

右手高举过头，敬少先队礼。孩子们齐刷刷地向英雄投去崇敬的目光。跨越几代人的对视，过去与未来接续，眼神里，闪动着希望之光。

永铭，永续，永恒

国士之尊，礼遇之隆，典仪之盛，是为了精神的传承，是为了更好地前行。

"当前，我国正处于以中国式现代化全面推进强国建设、民族复兴伟业的关键时期。全党全国各族人民要以英雄模范为榜样，团结奋进、砥砺前行，汇聚起共襄强国盛举的磅礴力量。"

"伟大时代呼唤英雄、造就英雄。英雄辈出，党和人民事业就会兴旺发达、长盛不衰。"

在热烈的掌声中，习近平总书记发表重要讲话。现场静谧，人们聆听着，感动着，思索着。

——要胸怀强国之志。"以国家富强为念，以人民幸福为盼，忠心爱国、矢志报国，把个人小我融入国家大我，在为国尽责、为民服务中实现个人价值、展现人生风采。"

台下，"人民卫士"巴依卡·凯力迪别克湿润了眼眶。

一家三代在帕米尔高原守卫祖国边境，30 多年间，他在"生命禁区"为巡逻队指向带路，行程 3 万多公里，是巡逻队眼中的"活地图"。

"家是塔县，国是中国。"边境线上每一条河流、每一道山沟，都留下他的足迹。"我倒下了还有我的儿子，儿子倒下了还有儿子的儿子！"爱国情，报国志，子子孙孙无穷匮也。

——要锤炼强国之技。"顺应时代发展新要求，学习新知识、掌握新技能、练就真本领，干一行爱一行，钻一行专一行，做到敬业勤业精业，努力成为善于干事创业的岗位能手、行家里手。"

择一事，终一生。平凡铸就伟大，英雄，都是一步一个脚印走出来的。

李振声耕耘田野 70 余年，只为"让中国人吃饱饭、吃好饭"；张卓元将经济理论创新扎根于波澜壮阔的改革实践；张晋藩年逾九旬，仍举着 12 倍的放大镜潜心研究中国法制史；赵忠贤以国家需求为导向，半个世纪聚焦超导研究……

有一种选择，叫"国家需要""时代需要"。

——要勇建强国之功。"以只争朝夕的历史主动、主人翁的责任担当，锐意进取、迎难而上，追求卓越、精益求精。"

"谢谢总书记对我们文艺界的关心。我们要永远、永远为人民服务！""人民艺术家"田华满头银发，声如洪钟。80 年的党龄，"党的女儿"向总书记敬礼，向人民敬礼。

"中国取得了令人瞩目的发展成就。经济加速变革、科技创新和非凡的社会建设，使中国崛起为世界强国，成为希望的灯塔，给世界带来启迪。""友谊勋章"获得者迪尔玛·罗塞芙的发言，是对新时代中国的由衷钦佩，是对英雄的中国人民的由衷赞美。

今天，许多人来了，也有人没能来。

此刻，千里之外，上海。

电视机前，轮椅上，全程收看了直播的王振义泪流满面，"是祖国和人民养育了我。正是因为身处在这样一个伟大的国家和黄金时代，我们才能够像现在这样自信、这样有底气。"

3个月前溘然长逝的王永志，同他永志不忘的航天梦一起，化作第46669号小行星，闪耀浩瀚苍穹；

一生为祖国打造"千里眼"的王小谟虽已远去，他的科研之路后辈们还将坚定走下去；

"生命，为祖国澎湃"的黄大年，他投身的"巡天探地潜海"事业薪火相传；

……

正如黄大年在入党志愿书中所言："做一朵小小的浪花奔腾，呼啸加入献身者的滚滚洪流中推动历史向前发展，我觉得这才是一生中最值得骄傲和自豪的事情。"

如今，无数人正踏着功勋模范人物的足迹，去拼搏、去奋斗，去默默地坚持，去长久地奉献……

"新的画卷需要我们共同描绘，新的历史需要我们共同开创。让我们锚定目标、勠力同心、开拓进取，共同谱写人民共和国更加绚丽精彩的新篇章！"习近平总书记豪迈宣示。

仪式结束后，习近平总书记同国家勋章和国家荣誉称号获得者合影留念。

方寸乾坤，瞬间永恒。留下历史的底片，让功勋模范永载史册，功勋事迹永远流传，功勋精神永续发扬。

合影队伍的正对面，是一幅苍劲有力的巨幅书法，毛泽东同志作于 1925 年秋的《沁园春·长沙》。如今，大江南北，霜华渐起，又将万山红遍、层林尽染，又是一个金色的秋天。

"问苍茫大地，谁主沉浮？"

人民的英雄，英雄的人民！

（记者朱基钗、黄玥、张研）